小企鹅世界少儿文学名著

冰姑娘

[丹]安徒生◎原著　吴燕红◎编译

天津出版传媒集团

天津人民出版社

图书在版编目（CIP）数据

冰姑娘 /（丹）安徒生原著；吴燕红编译 . -- 天津：
天津人民出版社 , 2017.4（2019.5 重印）
（小企鹅世界少儿文学名著）
ISBN 978-7-201-11634-1

Ⅰ . ①冰… Ⅱ . ①安… ②吴… Ⅲ . ①童话—丹麦—
近代 Ⅳ . ① I534.88

中国版本图书馆 CIP 数据核字 (2017) 第 074544 号

冰姑娘
BING GUNIANG

出　　版　天津人民出版社
出 版 人　刘　庆
地　　址　天津市和平区西康路 35 号康岳大厦
邮政编码　300051
邮购电话　（022）23332469
网　　址　http://www.tjrmcbs.com
电子信箱　tjrmcbs@126.com

责任编辑　李　荣
装帧设计　映象视觉

制版印刷　三河市同力彩印有限公司
经　　销　新华书店
开　　本　710×1000 毫米　1/16
印　　张　10
字　　数　80 千字
版次印次　2017 年 4 月第 1 版　2019 年 5 月第 3 次印刷
定　　价　29.80 元

　　文学作品浩如烟海，而经典名著是经过岁月的冲刷之后留下的精华，每一部都蕴藏着深厚的文化精髓，其思想价值和文学价值是无法估量的。经典名著是人类宝贵的精神财富，贯穿古今，地连五洲。少年儿童阅读经典名著，可以培养文学修养、开阔视野、增长见识、树立正确的人生价值观。从儿童时期养成良好的阅读习惯，可以受益终身。

　　经典名著是人类智慧的结晶，经常读书的人，会散发出一种与众不同的气质，这种气质会在人们的生活中潜移默化地显露出来。儿童时期是塑造良好气质的重要阶段，阅读优秀的经典著名文学作品可以让人心旷神怡，陶醉在文学大师的才华之中，对塑造良好的气质有很大帮助。

　　随着教育的不断改革，教育部也对教学大纲进行了适当调整，调整后的教学大纲更加适应时代发展。全新的教学大纲更加注重

塑造少年儿童的文学修养,提升少年儿童的语文水平。因此,我们特别推荐了很多经典名著作为孩子们的课外读物。

为了能够让少年儿童更好地阅读与理解经典名著中的内容,我们精心挑选了少年儿童必读的几十部经典的国外文学名著汇集成此套丛书。该系列丛书共计60本,其中包含了内容丰富的传世佳作、生动有趣的童话故事以及饱含深情的经典小说,相信少年儿童在这个五彩斑斓、琳琅满目的文学海洋中,一定能够获取更多的精神财富。

我们在编写此套丛书时,将文学巨匠的鸿篇巨制,力求在不失真的情况下,撰写成可读性更强的短篇故事,更适合少年儿童阅读。与此同时,我们还遵循了文学鉴赏性的原则,对每一部经典名著都进行了深入的剖析,深入浅出地引导少年儿童了解这些经典文学名著的精髓,让少年儿童可以更加深入地理解名著想要表达的内容和现实意义。希望我们的系列丛书可以成为少年儿童的生活伴侣,成为将来攀登事业高峰的阶梯!

目录

CONTENTS >>

冰姑娘
BING GUNIANG

小洛狄

名师导读

　　在山下的小木屋旁，经常聚集着很多兜售物品的小孩子，其中有一个叫洛狄，他和别的孩子有什么不一样呢？

xiàn zài wǒ men yào qù měi lì de ruì shì liú lǎn yì fān zhè shì yí gè měi
现在，我们要去美丽的瑞士浏览一番。这是一个美

lì de shān guó shí bì shang zhǎng mǎn le mào mì de sēn lín wǒ men pá shàng nà
丽的山国，石壁上长满了茂密的森林。我们爬上那

yào yǎn de xuě dì zài dào xià miàn de lù cǎo dì shang qu hé liú hé xiǎo xī cóng
耀眼的雪地，再到下面的绿草地上去。河流和小溪从

zhè piàn cǎo dì shang cōng cōng liú guò hǎo xiàng shēng pà lái bu jí gǎn dào dà hǎi li
这片草地上匆匆流过，好像生怕来不及赶到大海里。

tài yáng zhào yào zài shēn gǔ li yě zhào zhe nà hòu hòu de jī xuě yì nián yòu yì
太阳照耀在深谷里，也照着那厚厚的积雪。一年又一

nián guò qu jī xuě jié chéng le yào yǎn de bīng kuài biàn chéng le shēng shì hào dà de
年过去，积雪结成了耀眼的冰块，变成了声势浩大的

xuě bēng
雪崩（当山坡积雪内部的内聚力抗拒不了它所受到

的重力拉引时，便向下滑动，引起大量雪体崩塌，人

们把这种自然现象称做雪崩），再变成冰川。在一个

叫做格林达瓦尔得的山城旁，在警号峰和风雨峰下

面广阔的山谷里，就有这样的两条冰河。这两条冰

河的景致非常奇特，每年夏天都会吸引来自世界各地

的旅客。

旅客们翻越布满积雪的高山，趟过幽深的溪谷——

他们在经过溪谷的时候，需要爬好几个小时的山。他们

越往高处爬，看到溪谷就越深。要是他们向下看，就会

觉得自己是坐在了气球上。

低垂的云块笼罩在山峰上，好像给山峰盖上

了一层烟幕。在幽深的溪谷里，有很多棕色的小

木屋。有时候，光线射进溪谷，就衬托得翠绿色的

林地如同透明一样。河水从下面匆匆流过，发出

一阵阵吼声。上游的水流得比较慢，发出清脆的

xiǎng sheng　　cóng shān shang wǎng xià kàn　　hé shuǐ jiù rú tóng cóng shān shang piāo xià
响声。从山上往下看，河水就如同从山上飘下

lai de yì gēn yín sè de dài zi
来的一根银色的带子。

　　yǒu yì tiáo lù zhí tōng dào shānshang　 lù de liǎngbiān yǒu hěn duō xiǎo mù wū　 zài
有一条路直通到山上，路的两边有很多小木屋。在

měi suǒ mù wū páng biān　 dōu yǒu kě yǐ zhòng zhí mǎ líng shǔ de xiǎo cài yuán　 zhè ge
每所木屋旁边，都有可以种植马铃薯的小菜园。这个

cài yuán shì bì bù kě shǎo de　 yīn wèi zài zhè xiē xiǎo mù wū li zhù zhe hěn duō xiǎo
菜园是必不可少的，因为在这些小木屋里住着很多小

hái zi　 tā men de fàn liang kě shì shí fēn jīng rén de　 hái zi men cóng gè zì de
孩子，他们的饭量可是十分惊人的。孩子们从各自的

木屋里跑出来，围住那些或是坐车或是步行而来的旅客。这些小孩子全都会做生意，向这些游客兜售一些精美的木雕小屋，也就是这种小木屋的模型。不管是雨天还是晴天，孩子们都会来兜售商品。

二十多年前，有一个小男孩也经常来这里兜售商品。不过，他总是距离别的孩子很远，绷着一张脸，双手紧紧地抱住木盒子，似乎不愿意松开。而他的表情和他的小模样经常会引起游客的注意，游客会把他叫过去，一下把他的东西购买一空，虽然他自己也说不上来这是为什么。他的外祖父就住在山顶上，这些精美的木雕小屋就出自外祖父之手。外祖父的房间里有一个木柜子，里面装满了他雕刻的各种小玩意：比如胡桃夹子、刀子、叉子，还有一些雕刻着美丽的花草树木和跳跃的羚羊的木盒。这里面装的都是可以引起孩子的兴趣的东西。不过，这个叫洛狄的小孩却对挂在

liángshang de yì gǎn jiù qiānggèng jiā kě wàng wài zǔ fù yǐ
梁上的一杆旧枪更加渴望。外祖父已

jīng dā ying bǎ zhè gǎn qiāng sòng gěi tā le bú guò tiáo jiàn
经答应把这杆枪送给他了，不过条件

shì yào děng tā zhǎng dà yǐ hòu shēn tǐ zú gòu jié shi hái
是要等他长大以后，身体足够结实，还

yào shàn yú yòngqiāng
要善于用枪。

zhè ge hái zi suī rán nián jì bú dà què yǐ jīng kāi
这个孩子虽然年纪不大，却已经开

shǐ fàng yáng le rú guǒ shuō néng hé shān yáng pá shān
始放羊了。如果说，能和山羊爬山

de mù yáng rén jiù néngsuàn de shàng shì hǎo de mù yáng rén
的牧羊人就能算得上是好的牧羊人，

nà me luò dí jiù suàn shì yí gè fēi cháng néng gàn de mù
那么洛狄就算是一个非常能干的牧

yáng rén yīn wèi tā pá de bǐ yáng hái yào gāo ér qiě
羊人，因为他爬得比羊还要高。而且，

tā hái huì jīng cháng pá dào shù shang qu gòu niǎo wō tā
他还会经常爬到树上去够鸟窝，他

shì yí gè yǒng gǎn de hái zi bú guò zhǐ yǒu zhàn
是一个勇敢的孩子。不过，只有站

zài fēi liú zhí xià de pù bù pángbiān huò zhě zài tīng dào
在飞流直下的瀑布旁边，或者在听到

xuě bēng de shēng yīn de shí hou tā cái huì lòu chū xiào róng
雪崩的声音的时候，他才会露出笑容。

ér qiě tā cóng lái bú hé bié de hái zi yì qǐ wán
而且，他从来不和别的孩子一起玩

shuǎ chú fēi wài zǔ fù ràng tā xià shān qù dōu shòu dōng
耍，除非外祖父让他下山去兜售东

由于很小就失去了父母，洛狄的性格有点孤僻。

西，他才会跟别的孩子在一起。但是，洛狄其实不
喜欢这样做，他更喜欢自己去爬山，或者坐在外祖父
身旁，听他讲古时候的故事，或者讲一讲他的故乡
梅林根的人们的故事。外祖父告诉他，住在梅林根的
人们并不是那里的原住民，而是从北方流浪过去的。

他们的祖先住在北方，叫做"瑞典人"。这些都是很了不起的知识，却被洛狄知道了。不过，他还从他的另外一些朋友，也就是家里的牲畜那里，学到了更多的知识。家里有一条叫做阿约拉的大狗，是洛狄的父亲留下来的。还有一只公猫，它对洛狄来说有着很重要的意义，因为它教会了洛狄爬高。

猫对洛狄说："跟我到屋顶上去吧！"它说得非常清楚，因为在一个孩子还没有学会开口讲话的时候，是完全能够听懂那些鸡、鸭、猫、狗的话的。它们所说的话，就和爸爸妈妈跟我们说的话一样，是非常好懂的。不过，只有在一个人年纪特别小的时候才能听懂。在小孩子的眼里，祖父的手杖可以变成一匹马，发出马的叫声，还有头、腿和尾巴。有的孩子在这一阶段停留的时间比其他的孩子长一些，大人就会说这种孩子发育迟钝，长久地停留在孩童阶段。你看，大

人们的道理简直是太多了。

"跟我到屋顶上去吧！"这是猫对洛狄说的第一句话，也是洛狄听懂的第一句话。"大人们总是说会掉下来，完全是胡说八道(没有根据或没有道理地瞎说)，只要你不害怕跌下来，就永远不会跌下来。你看，这只爪子要这样爬，那只爪子要那样爬。用你的前爪抓牢，眼睛要看准，身体灵活一些，一看到缝隙，就要跳过去，牢牢抓住，就像我这样。"

洛狄按照它说的做了，这之后，他就经常跟猫一起坐在屋顶上。后来，他就跟它一起坐在树顶上。再后来，他还爬到了猫都没有去过的悬崖上。

"再爬高一点。"树木和灌木都说，"你看看我们爬得多高，只要抓紧，我们完全可以爬到最陡峭的悬崖上。"

洛狄爬到了最高的山上，有时候他爬上去的时候，

太阳还没出来。他就在那呼吸着新鲜的空气,喝着甘甜的露水——只有造物主才能提供这些东西。配制这些东西的原料是:花草的芳香,山谷中的麝香草,以及百里香。低垂在天空中的云朵先吸收了这些香气,然后被风吹到杉树上,这样,空气中就弥漫着清香的味道。这就是洛狄早晨的饮料。

传递太阳神的幸福的阳光,不停地亲吻着他的脸颊。昏迷之神就在旁边站着,却不敢靠近他。住在外祖父家的七窝燕子飞到他和他的羊群身边,不停地唱:"我们和你们,你们和我们!"它们把家里的祝福带到这里,甚至还包括那两只母鸡的祝福。不过,洛狄跟它们俩的关系并不好。

虽然洛狄的年龄不大,却已经走过很多路了。他在瓦利斯州出生,被人抱在怀里,翻山越岭地来到这里。就在前不久,他还步行着去拜访了灰尘泉。这泉水是

从一座叫做少女峰的山上流下来的，
看起来就好像一条银带。他也曾经去
过格林达瓦尔得的大冰河，不过这里还
有一段忧伤的往事，他的母亲就是在
那里失去了生命。外祖母说："就是
在这里，洛狄失去了儿时的欢乐。"他
还不足一岁的时候，母亲曾经写下这
样的文字："他笑的时候比哭的时候
多。"不过，从雪谷里回来之后，他的性
格发生了很大的改变。平日里外祖父
很少说起这件事，但是山里的所有人都
知道。

我们知道，洛狄的父亲是个邮差。
屋子里的那条大狗，当年一直随着他奔
波在辛卜龙和日内瓦湖之间。父亲的亲

与前文的性格孤僻形成鲜明的对比，说明洛狄也曾经是个爱笑的孩子。

rén rú jīn jiù zhù zài wǎ lì sī zhōu de lún hé qū shū fù shì yí gè bǔ líng yáng
人如今就住在瓦利斯州的伦河区；叔父是一个捕羚羊

de gāo shǒu yě shì gè yǒu míng de xiàng dǎo luò dí gāng yí suì de shí hou jiù shī
的高手，也是个有名的向导。洛狄刚一岁的时候，就失

qù le fù qin dāng shí mǔ qin fēi cháng xiǎng dài zhe tā huí dào zì jǐ wèi yú bó
去了父亲。当时，母亲非常想带着他回到自己位于伯

ěr ní gāo dì shang de niáng jia tā de fù qin zhù de dì fang jù lí gé lín dá
尔尼高地上的娘家。她的父亲住的地方，距离格林达

wǎ ěr dé zhǐ yǒu jǐ xiǎo shí de lù chéng tā huì mù diāo kě yǐ zhuàn qián yǎng huo
瓦尔得只有几小时的路程。他会木雕，可以赚钱养活

BING GUNIANG

自己。

那年七月的一天，她抱着孩子，在两个捕羚羊的猎手的陪伴下出发了。他们翻越越过介密山峡，前往格林达瓦尔得。他们已经走过了大半路程，已经越过雪山，可以看到她娘家所在的山谷和她非常熟悉的小木屋了。只要再坚持一会，翻越雪山的最高处，就可以到家了。这里刚下过雪，新雪盖住了一个裂缝。这个裂缝并没有裂到流着水的底层，却也有一人多深。她抱着孩子，不小心滑倒了，就掉进了裂缝里，再也看不见了。她一点声音都没发出来，就连叹息声都没有，不过，人们听到了孩子的哭声。

过了一个多小时，人们才从距离最近的人家那里拿来绳子和竹竿，想要把她救上来。大家用尽全力，才从裂缝里弄出了两具像是尸体一样的东西。大家费了很大的力气，才把孩子给救活了。就这样，老外祖父

失去了一个女儿，得到了一个外孙。这个孩子曾经非常喜欢笑，现在却不一样了。也许就是因为他掉到了裂缝里，才发生了这样的改变。

原先那奔腾的河水，如今成了绿色的冰块，层层堆积起来。在冰块下面，融化了的冰雪和冰组成了一股激流，呼啸着冲向山谷。再往下，就是一些深洞和巨大的裂缝，它们共同形成了一座奇异的水晶宫。

在这座宫殿里，住着冰河的皇后——冰姑娘。她既是屠杀者，也是破坏者。她可以飞到羚羊都爬不到的高处，飞到雪山的最顶峰，可以从一块山崖跳到另一块山崖。随着她的动作，她雪白的长发和绿色的长裙也在摆动着。

"毁灭和占有都是我的权力！"她说，"人们把一个漂亮的孩子从我手上抢走了，我曾经亲吻过他，却没有把他吻死。现在，他又回到了人间，正在

shān shang fàng yáng   tā kě yǐ pá dào hěn gāo de dì fang
山 上 放 羊。他 可 以 爬 到 很 高 的 地 方,

gāo chū suǒ yǒu de rén   què lí bù kāi wǒ   wǒ yí dìng
高 出 所 有 的 人,却 离 不 开 我,我 一 定

yào zhàn yǒu tā
要 占 有 他。"

yú shì   tā bǎ zhè ge rèn wu jiāo gěi le hūn mí zhī
于 是,她 把 这 个 任 务 交 给 了 昏 迷 之

shén   zhè shì yīn wèi xiàn zài zhèng shì xià tiān   bīng gū niang
神,这 是 因 为 现 在 正 是 夏 天,冰 姑 娘

bù xiǎng qù zhǎng yǒu yě bò he de shù lín li   hūn mí zhī
不 想 去 长 有 野 薄 荷 的 树 林 里。昏 迷 之

语言描写,说明冰姑娘的占有欲非常强,也为后面的故事做了铺垫。

神接到任务，就往下面飞去，她的三个姊妹也紧随其后。昏迷之神有很多姊妹，被冰姑娘挑中的，就是其中最为强壮的一个。这些昏迷之神在抓到人的时候，总是死也不松手。现在，昏迷之神就想抓到洛狄。

昏迷之神说："抓住他？我可做不到。他从那只可恶的猫身上学到了本领。现在，我没有办法控制他。我多么想搔一搔他的脚掌，让他在空中翻筋斗啊！"

冰姑娘说："你想想办法吧，不然我就去做！"

"不成！不成！"冰姑娘听到了一个声音，就好像是教堂的钟声在山谷里发出的回音。不过，这是自然界中其他的神发出来的，就是太阳那些善良的女儿。每天黄昏的时候，她们就会化身为花环，绕着山顶飞；她们有着玫瑰色的翅膀，在太阳落山的时候，翅膀就变得越来越红。这样看起来，阿尔卑斯山就好像着火了，于是人们就称之为"阿尔卑斯之火"。

等到太阳落山之后，她们就去雪白的山峰上睡觉。

直到太阳再次冉冉升起，她们就会重新露面。她们

喜欢花、蝴蝶和人类。而在人类之中，她们最喜欢的

就是洛狄了。

"你抓不住他，你无法占有他！"她们说。

"我曾经抓到过比他更为强大的人！"冰姑娘说。

于是，太阳的女儿们唱了一首歌，内容是：一阵风

吹走了旅人的帽子。

"风只能吹走人的东西，却吹不走人的身体。你可

以抓到他，却无法留下他。人比你强大，比我们神圣。

他能爬到比太阳更高的位置，他会一种可以征服风

和水的魔法，让它们为他服务。你只会让他失去拖累他

的压力，让他飞到更高的地方。"

每天早上，阳光就会穿过外祖父家那唯一的一扇

窗户，照耀着这个安静的孩子。太阳的女儿们不停地

qīn wěn tā   xiǎng yào bǎ bīng gū niang liú zài tā liǎn shang de bīng wěn róng huà diào   tā
亲吻他，想要把冰姑娘留在他脸上的冰吻融化掉。他

hé mǔ qin diào jìn liè fèng de shí hou   bīng gū niang gěi le tā zhè ge wěn   ér tā zhī
和母亲掉进裂缝的时候，冰姑娘给了他这个吻，而他之

suǒ yǐ néng gòu fù huó   yě shì yí gè qí jì
所以能够复活，也是一个奇迹。

 名师点拨

　　洛狄的母亲带着他回外祖父家，却在即将到家的时候发生意外。很多时候，意外总是突然发生，给我们带来巨大的伤害。所以，不论什么时候，我们都要小心才行。

走向新的家

名师导读

外祖父为了让洛狄有一个好的前程,同意让洛狄去叔父家。到了一个新的家里,洛狄会适应吗?

洛狄已经八岁了。他那住在伦河区高山的另一边的叔父想把他接回去,送他去上学,好让他将来能够养活自己。外祖父觉得很有道理,就同意了。

现在洛狄要走了,他要跟包括外祖父在内的很多人告别。他最先告别的,是老狗阿约拉。

"当年你的父亲是邮差,我就是一只邮差狗,"阿约拉说,"我跟着他来回奔波,结识了山那边的很多人和很多狗。虽然我不太爱说话,但是我们说话的机会

冰·姑·娘
BING GUNIANG

也不多，今天我可以跟你多说几句。我要告诉你一个
埋藏在我心底很久的故事，我也想了很久了。我不
明白它的意义，你应该也不明白，不过这没关系。我
只知道一点：不管是狗的世界还是人类的世界，好东
西都不是平均分配的。有的狗生下来就可以躺在人
的膝盖上或者吃牛奶，有的就没有这个好福气，比如
我。但是我曾经见到过一只哈巴狗，他坐在一部邮车
里，占着一个人的位置。他的女主人，也许说他是她的
主人更为恰当，居然拿着一个奶瓶，给他吃奶，还喂
给他糖果。但是他并不喜欢糖果，只是用鼻子嗅了几
下，最后那个女人自己吃掉了糖果。当时我正跟着邮
车在泥土里奔波，饿得前胸贴后背。我想了想，这真
的很不公平，可是不公平的事并不是只有这一件。我
希望你也可以躺在人的膝盖上，坐在马车里旅行。可
是一个人并不是总能够心想事成的，不管我怎么叫，

dōu cóng lái méi yǒu zuò dào guò
都从来没有做到过。"

ā yuē lā jiù shuō le zhè me duō huà   luò dí bào zhù tā de bó zi   qīn wěn
阿约拉就说了这么多话。洛狄抱住它的脖子，亲吻

tā de bí zi   rán hòu   luò dí yòu bào zhù le māo   kě shì māo què zài bù tíng de
它的鼻子。然后，洛狄又抱住了猫，可是猫却在不停地

zhēng zhá shuō   nǐ bǐ wǒ qiáng zhuàng wǒ bù xiǎng yòng zhuǎ zi zhuā nǐ   nǐ jiù
挣扎，说："你比我强壮，我不想用爪子抓你。你就

àn zhào wǒ jiāo nǐ de   pá dào shān shàng qu ba   nǐ jiù jì zhù   nǐ bú huì diē
按照我教你的，爬到山上去吧。你就记住，你不会跌

xià lai de   nà nǐ jiù néng zhuā de hěn láo
下来的，那你就能抓得很牢。"

shuō wán zhè xiē huà   māo jiù zǒu le   tā bù xiǎng ràng luò dí kàn dào zì jǐ nán
说完这些话，猫就走了，它不想让洛狄看到自己难

guò de yàng zi
过的样子。

liǎng zhī mǔ jī zài dì bǎn shang zǒu lái zǒu qù   qí zhōng yì zhī de wěi ba bèi
两只母鸡在地板上走来走去，其中一只的尾巴被

liè rén dǎ diào le
猎人打掉了。

luò dí yòu yào bá shān shè shuǐ
"洛狄又要跋山涉水(跋山：翻过山岭；涉水：用脚

le   yì zhī shuō
趟着水渡过大河。翻山越岭，趟水过河)了。"一只说。

tā hěn máng   wǒ bù xiǎng hé tā shuō zài jiàn   yú shì tā men jiù zǒu le
"他很忙，我不想和他说再见。"于是它们就走了。

tā qù gēn shān yáng gào bié   shān yáng men dōu miē miē miē de jiào qǐ lai   zhè ràng
他去跟山羊告别，山羊们都咩咩咩的叫起来，这让

tā fēi cháng nán guò
他非常难过。

luò dí jiā fù jìn zhù zhe liǎng gè xiàng dǎo   tā men yě xiǎng fān shān yuè lǐng   dào
洛狄家附近住着两个向导，他们也想翻山越岭，到

jiè mì shān xiá de lìng yì biān qù   luò dí gēn zhe tā men yì qǐ zǒu   ér qiě yào kào
介密山峡的另一边去。洛狄跟着他们一起走，而且要靠

bù xíng   duì yú tā zhè yàng de xiǎo hái lái shuō   zhè duàn lù chéng shí zài hěn xīn kǔ
步行。对于他这样的小孩来说，这段路程实在很辛苦。

dàn shì luò dí fēi cháng qiáng zhuàng cóng lái bù bǎ rèn hé kùn nan fàng zài yǎn li
但是洛狄非常强壮，从来不把任何困难放在眼里。

yàn zi sòng le tā men yì chéng   bù tíng de chàng zhe   wǒ men hé nǐ
燕子送了他们一程，不停地唱着："我们和你

men   nǐ men hé wǒ men   lù shang   tā men yào chuān yuè yì tiáo xiōng yǒng de hé
们，你们和我们！"路上，他们要穿越一条汹涌的河

流——路西尼河。这条河发源于格林达瓦尔得冰河的黑坑里，分散成很多条小溪。倒下的树和石碓搭成了一座简易的桥，他们就从桥上走过。很快，他们就走过了赤杨森林，准备爬山了。冰河就从这座山附近流过，他们一会儿绕过冰块，一会儿踩在冰块上渡过冰河。洛狄走一会，爬一会，看起来非常愉悦。他的爬山靴上有钉子，每一脚他都狠狠地踩下去，就好像要留下自己的痕迹。黑土被山洪冲到冰河上，把冰河都染黑了，不过还是能看到深绿色的、像玻璃一样的冰块。他们还要绕过很多由巨大的冰块围成的水池。有时候，他们也会走过

环境描写，说明他们的旅途充满了凶险，侧面说明洛狄的勇敢。

悬在冰谷间的巨石。偶尔石头滚落下去，掉进冰谷的深渊里，就会发出回音。

他们就这样努力地爬着。突然，洛狄回忆起，他曾经和母亲掉进了深渊里，只是这个回忆非常短暂，他并不觉得这个故事跟他听过的别的故事有什么区别。

有时候，两位向导会觉得他走累了，就伸手拉他一把。

不过，他一点儿都没有觉得累。

现在，他们已经爬上了石山，走在光溜的石块中间。很快，他们又进入了矮松树林，再走上绿色的草地。这段路程总是在不停地变换着，非常新奇。他们周围都是被白雪覆盖的山峰，孩子们称之为"少女峰"、"僧人峰"和"鸡蛋峰"，于是洛狄也学着他们的样子这样叫。

洛狄以前从来没有爬过这么高，也没有走过这一望无际（际：边。一眼望不到边。形容非常辽阔）的雪海。在阳光的照耀下，雪反射出耀眼的光芒，好像铺上了亮晶晶的钻石。在雪上躺着很多昆虫的尸体，蜜蜂和蝴蝶最多。也许是它们自己飞得太高，也许是风把它们吹得这么高，总之它们是冻死了。

在风雪峰上，乌云密布，如同悬挂着一大捆黑羊毛。

乌云里充满了"浮恩（这是阿尔卑斯山上的一种飓风，一般是在冬天才有）"，只要它一爆发，风暴就来了。晚上，他们就露宿在高山上，次日又踏上了新的旅行，那从深渊里流出的流水不停地击打着巨石，这一切都让洛狄永生难忘。

雪海的那一边，有一座荒凉的石屋，用来给行人休息或者过夜。石屋里有木炭和杉树枝，他们一进屋，就生起了火，还搭了一个简易的床。他们围着火坐下，一边抽烟，一边喝自己熬的汤。洛狄也跟着他们吃了晚餐。然后，他们就聊起了阿尔卑斯山里的神怪，湖底的怪蟒，以及把睡梦中的人带到威尼斯的幽灵。还讲到野牧羊人赶着黑色的羊群穿过草地，虽然人们看不到他，却可以听到羊的叫声。洛狄认真地听着他们讲故事，却丝毫都不害怕，因为他不知道什么叫害怕。洛狄听着故事，好像也听到了羊的叫声，而

qiě shēng yīn yuè lái yuè qīng xī　　dà jiā dōu tīng jiàn le
且声音越来越清晰，大家都听见了。

yú shì　　tā men jiù bú zài shuō huà　yòng xīn tīng zhe　hái
于是，他们就不再说话，用心听着，还

ràng luò dí bié shuì zháo le
让洛狄别睡着了。

zhè jiù shì　　fú ēn　　　tā wēi lì wú qióng
这就是"浮恩"，它威力无穷，

kě yǐ xiàng wǒ men zhé duàn lú wěi yí yàng zhé duàn shù
可以像我们折断芦苇一样折断树

mù　hái néng ràng wǒ men yí dòng qí pán shang de　qí
木，还能让我们移动棋盘上的棋

zǐ yí yàng　bǎ mù wū cóng hé de zhè biān chuī xiàng lìng
子一样，把木屋从河的这边吹向另

yì biān
一边。

举例说明"浮恩"的威力到底有多大。

guò le yí gè xiǎo shí　tā men cái gào su luò dí　kě
过了一个小时，他们才告诉洛狄，可

yǐ shuì jiào le　　luò dí yīn wèi zhè duàn lǚ xíng yǐ jīng shí
以睡觉了。洛狄因为这段旅行已经十

fēn láo lèi le　suǒ yǐ yì tīng dào tā men de huà mǎ shàng jìn
分劳累了，所以一听到他们的话马上进

rù le mèngxiāng
入了梦乡。

dì èr tiān　tā men zǎo zǎo jiù qǐ lai le　tà
第二天，他们早早就起来了，踏

shàng le xīn de lǚ tú　　zài tài yáng de zhào yào xià
上了新的旅途。在太阳的照耀下，

tā men zǒu jin le wǎ lì sī zhōu　dào dá le zài gé
他们走进了瓦利斯州，到达了在格

lín dá wǎ ěr dé jiù néng kàn jiàn de nà zuò shān fēng de lìng yì biān dàn
林达瓦尔得就能看见的那座山峰的另一边。但

shì tā men lí xīn jiā hái yǒu hěn yuǎn de lù chéng xiàn zài tā men kàn dào
是，他们离新家还有很远的路程。现在，他们看到

le xīn de shēn yuān xīn de shān gǔ xīn de shù lín xīn de shān lù xīn
了新的深渊，新的山谷，新的树林，新的山路，新

de fáng zi hái yǒu hěn duō rén bú guò zhè xiē rén kàn qǐ lai hěn kě pà
的房子，还有很多人。不过，这些人看起来很可怕，

liǎn bù yòu huáng yòu zhǒng bó zi shang hái guà zhe yí gè hěn nán kàn de dà ròu
脸部又黄又肿，脖子上还挂着一个很难看的大肉

qiú　　zhè xiē rén dōu shì bái chī bìng
球，这些人都是白痴病(阿尔卑斯山中一种常见的疾

病。患者发育不良，常常甲状腺肿肿大)患者。他们
　　　　　　　　　　　　　　　　huàn zhě　　tā men

wú jīng dǎ cǎi de dào chù zǒu　　mí máng de kàn zhe cóng shēn biān jīng guò de rén
无精打采地到处走，迷茫地看着从身边经过的人。

luò dí xiǎng　　nán dào wǒ xīn jiā li de rén shì zhǎng chéng zhè yàng de ma
洛狄想，难道我新家里的人是长成这样的吗？

名师点拨

　　　"浮恩"的威力很大，就连木屋都能吹走。可见，
大自然是蕴含着无穷的力量的。面对大自然，我们
要心怀敬畏，更要努力保护好大自然。

叔 父

名师导读

洛狄终于来到了叔父家，他会习惯这里的生活吗？

终于，洛狄到达了叔父家，让他高兴的是，这里的人和他平时看到的人长得差不多。这里只有一个白痴病患者，他是一个穷人家的傻孩子。这些穷人总是在瓦利斯州流浪，在一家住上一个多月，再去下一家。洛狄到达叔父家的时候，沙伯里正好住在这里。

叔父长得非常强壮，不但会打猎，还会箍桶。婶婶非常活泼，脸像雀子一样，脖子上有厚厚

de hàn máo
的汗毛。

luò dí jué de zhè li de yí qiè bǐ rú fú zhuāng jǔ dòng xí guàn jiù
洛狄觉得，这里的一切，比如服装、举动、习惯，就

lián yǔ yán dōu shì xīn qí de bú guò tā hěn kuài jiù xí guàn le zhè li de yǔ
连语言都是新奇的。不过，他很快就习惯了这里的语

yán hé wài zǔ fù jiā bǐ qǐ lai zhè li de qíng kuàng yào hǎo duō le tā men zhù
言。和外祖父家比起来，这里的情况要好多了，他们住

zhe dà dà de fáng zi qiáng shang guà zhe líng yáng jiǎo yǐ jí cā de zèng liàng de qiāng
着大大的房子，墙上挂着羚羊角，以及擦得锃亮的枪

zhī zài mén shang hái guà zhe shèng mǔ xiàng xiàng qián miàn bǎi zhe ā ěr bēi sī shān de
支。在门上还挂着圣母像，像前面摆着阿尔卑斯山的

xīn xian shí nán yǐ jí yì zhǎn dēng
新鲜石楠，以及一盏灯。

qián miàn wǒ men yǐ jīng shuō guò shū fù shì bǔ líng yáng de gāo shǒu yě shì gè
前面我们已经说过，叔父是捕羚羊的高手，也是个

yǒu míng de xiàng dǎo xiàn zài luò dí jiù yào chéng wéi zhè jiā de bǎo bèi le bú
有名的向导。现在，洛狄就要成为这家的宝贝了。不

guò zhè ge jiā li yǐ jīng yǒu yí gè bǎo bèi le tā jiù shì yì zhī liè quǎn kě shì
过，这个家里已经有一个宝贝了，它就是一只猎犬，可是

tā xiàn zài kàn bu dào yě tīng bu dào wú fǎ zài xiàng cóng qián nà yàng qù dǎ liè le
它现在看不到也听不到，无法再像从前那样去打猎了。

bú guò dà jiā bìng méi yǒu wàng jì tā de běn lǐng suǒ yǐ tā xiàn zài yě shì jiā li
不过，大家并没有忘记它的本领，所以它现在也是家里

de yí fèn zi měi tiān guò de fēi cháng qiè yì luò dí fǔ mō zhe liè quǎn dàn shì
的一分子，每天过得非常惬意。洛狄抚摸着猎犬，但是

tā hǎo xiàng bù xǐ huan hé mò shēng rén jiāo péng you duì yú zhè ge jiā lái shuō luò
它好像不喜欢和陌生人交朋友。对于这个家来说，洛

dí xiàn zài shì gè mò shēng rén dàn hěn kuài jiù bú shì le tā yíng dé le quán jiā rén
狄现在是个陌生人，但很快就不是了，他赢得了全家人

de xǐ ài
的喜爱。

wǎ lì sī zhōu de shēng huó hái bú cuò   zhè li de líng yáng hěn duō
"瓦利斯州的生活还不错，这里的羚羊很多。

zhè li de rì zi bǐ yǐ qián hǎo duō le   bù guǎn rén men duō me xǐ huan guò
这里的日子比以前好多了。不管人们多么喜欢过

qu de rì zi   wǒ men xiàn zài dōu shì shí fēn shū shì de   xiàn zài   zhè ge
去的日子，我们现在都是十分舒适的。现在，这个

dài zi chuān le yí gè dòng   wǒ men zhè ge bì sè de shān gǔ jiù yǒu chuān
袋子穿了一个洞——我们这个闭塞的山谷就有穿

堂风了。一旦有旧的东西衰退，马上就会有新东西到来。"叔父说。

随后，叔父讲起了他小时候的事情，甚至更早的时候的事情。当时的瓦利斯州就是一个"封住口的袋子"，里面装满了病人和白痴病患者。

"不过，法国士兵来了，他们真是些好医生，很快就把这种疾病连同患病的病人一起消灭了。这些法国人非常会打仗，办法多多，姑娘们也有很多征服人的办法！"叔父说到这里，对着有法国血统婶婶点点头，开始大笑。"法国人还会开山石，很快就行动了，辛卜龙公路就是这么开出来了。所以我现在会告诉一个三岁的孩子：'你想去意大利的话，沿着大路一直走就行了。'只要他不离开这条路，就一定能走到意大利。"

然后，叔父就会唱起一首法国歌，高呼："拿破仑

wàn suì
万岁！"

zhè shì luò dí dì yī cì tīng shuō fa guó　tīng shuō luó nè hé pàn de dài chéng
这是洛狄第一次听说法国，听说罗讷河畔的大城

shì lǐ áng　shū fù céng jīng qù guò nà li
市里昂，叔父曾经去过那里。

guò le jǐ nián　luò dí zhǎng chéng le yí gè jīng gàn de líng yáng liè rén　shū
过了几年，洛狄长成了一个精干的羚羊猎人。叔

fù shuō　luò dí tiān shēng jiù shì yí gè hǎo liè shǒu　yú shì　shū fù kāi shǐ jiāo tā
父说，洛狄天生就是一个好猎手。于是，叔父开始教他

yòng qiāng　jiāo tā miáo zhǔn hé shè jī　zài dǎ liè de jì jié　shū fù huì bǎ luò dí
用枪，教他瞄准和射击。在打猎的季节，叔父会把洛狄

dài dào shān li　ràng tā hē líng yáng xuè　hǎo zhì liáo liè rén cháng cháng huì fàn de tóu
带到山里，让他喝羚羊血，好治疗猎人常常会犯的头

yūn　shū fù huì jiāo tā zhǎng wò shí jiān　hái gào su tā shén me shí hou huì fā shēng
晕。叔父会教他掌握时间，还告诉他什么时候会发生

xuě bēng　jù tǐ fā shēng zài zhōng wǔ hái shi wǎn shang　yào kàn tài yáng guāng de qiáng
雪崩。具体发生在中午还是晚上，要看太阳光的强

dù le　shū fù hái jiāo huì tā　zěn me xiàng líng yáng nà yàng tiào yuè　zuò dào luò dì
度了。叔父还教会他，怎么像羚羊那样跳跃，做到落地

de shí hou xiàng líng yáng yí yàng zhàn wěn　rú guǒ shān féng zhī jiān méi yǒu kě yǐ luò
的时候像羚羊一样站稳。如果山缝之间没有可以落

jiǎo de dì fang　jiù yào xiǎng fāng shè fǎ　　　　　　yòng shǒu wàn chēng zhù
脚的地方，就要想方设法（想种种办法）用手腕撑住

zì jǐ　yòng dà tuǐ hé xiǎo tuǐ de jī ròu wǎng shàng pá　bì yào de shí hou　jiù
自己，用大腿和小腿的肌肉往上爬。必要的时候，就

lián bó zi dōu yào pài shàng yòng chǎng
连脖子都要派上用场。

shū fù shuō　líng yáng fēi cháng jī ling　jīng cháng huì pài chū huǒ bàn duì sì zhōu
叔父说，羚羊非常机灵，经常会派出伙伴对四周

密切监视。所以，猎人应该比它更狡猾，让它闻不到人味。叔父会把衣服和帽子挂在手杖上，让它伪装成人的样子，羚羊就会上当。有一次，叔父带着洛狄去打猎，就用过这个办法。

山路很狭窄，甚至可以说没有路。这山路实际上

就是距离让人头晕目眩（头发昏，眼发花，感到一切都在旋转）的深渊很近的一个檐口。雪化了一半，让人脚一踩，石头就松了。在这里，叔父只能趴下，一点一点地往前爬。松脱的石块掉下去，撞到石壁上，再撞到另一块石壁上，一直落进黑暗的深渊里。洛狄站在伸出的一块比较牢固的石头上，距离叔父大概100步。

他突然看到，有一只秃鹰正在叔父的头顶盘旋，它只要拍一下翅膀，就会把叔父打到深渊里去，然后把他吃得一点都不剩。

深渊对面有一只母羚羊和一只小羚羊，叔父正在密切关注着它们，而洛狄在关注着叔父头顶的那只秃鹰。他知道这只鸟的企图，就把手放在扳机上，随时准备射击。突然，羚羊跳起来了，叔父扣动了扳机，把羚羊打死了，可是小羚羊跑掉了，就好像它非常善于死里逃生。秃鹰听到枪声，立刻飞走

了。一开始，叔父并不知道自己的处境，还是洛狄后来告诉他的。

现在，他们高兴地走在回家的路上，叔父哼着一首歌。突然，不远处传来一阵奇特的声音。他们环顾四周，又往上看，看到山坡上的积雪在动，就好像铺在地上的被单被风吹起。这片像大理石一样光滑的积雪，现在变成了碎片，变成一股汹涌的激流，发出雷鸣一般的声音。这是雪崩。虽然雪块并没有落到洛狄和叔父身上，可是距离他们只有咫尺之遥。

"洛狄，站稳！拿出你所有的力气！"叔父大喊。

用一个比喻句来让雪崩更加形象。

洛狄紧紧地抱住身边的一棵树干，叔父爬到高高的树枝上，牢牢抓住。崩开的积雪滚滚落下，距离他们不过几尺。雪崩带来的飓风把周围的树干都给吹断了，就好像吹倒一根芦苇那么容易。现在，吹断的树木被抛向四方。洛狄滚到地上，他抱着的那根树干被劈成

了两半，另一半被吹到了很远的地方。在一堆树枝中间，洛狄发现了头部已经被击碎的叔父。他的手还是热的，可是已经面目全非（非：不相似。样子完全不同了。形容改变得不成样子）。洛狄站在他身边，脸色苍白，有生以来，他第一次感觉到恐惧。

直到深夜，他才带着噩耗回到家里，全家人都陷入了悲痛。婶婶呆呆地站着，一言不发，也没有流泪。等到尸体被运回来的时候，她的痛苦才爆发出来。那个可怜的白痴病患者钻到了床上，一整天都不见人影。等到天黑的时候，他悄悄地来到洛狄身边。

"帮我写一封信，沙伯里不会写信！沙伯里要把这封信带到邮局。"

"写信？写给谁？"洛狄问。

"写给基督。"

"你说寄给谁？"

这个被人们称为傻子的白痴病患
者，伤感地看着洛狄，然后叠起手，虔
诚地说："寄给耶稣基督，沙伯里要
给他写信，请求他让沙伯里死去，不
要让这家的男主人死去。"

洛狄紧紧地握着他的手："信
是寄不过去的，这封信没法让他
活过来。"

但是洛狄无法让沙伯里相信，这件
事是不可能的。

叔叔的死对婶婶的打击很大，她
似乎一下子苍老了许多。他们没有
孩子，身边只有洛狄这么一个孩子。
于是婶婶一边流着眼泪一边对洛狄
说："从现在开始，这个家就要靠你

虽然大家都觉得沙伯里是个傻子，可是他的内心却很善良。

来支撑了。"

洛狄也似乎突然长大了，他郑重地答应了婶婶。

于是，洛狄开始支撑这个家。

名师点拨

洛狄和叔叔待了不久，叔叔就遭遇意外去世了。于是，洛狄又失去了一个亲人。可见，虽然我们不情愿，可是意外总是会经常发生的，我们要珍惜活着的每一天。

巴贝德

名师导读

洛狄喜欢了一个姑娘，她会是谁呢？

谁是瓦利斯州最优秀的射手？的确，羚羊们都知道，是洛狄，"要当心洛狄呀！""那谁是最漂亮的射手？"姑娘们说："是洛狄！"不过她们并不会说："要当心洛狄呀！"

就算是她们的母亲，也不会这样警告姑娘们，因为洛狄对这些太太也很有礼貌。他很勇敢，很快乐。他的脸庞是古铜色的，他的牙齿洁白，眼睛像木炭一样黑。他是一个二十岁的，年轻的小伙子。

用一个排比句来说明洛狄的强壮。

tā yóu yǒng de shí hou　bīng shuǐ bú huì dòng shāng
他游泳的时候，冰水不会冻伤

tā　 tā kě yǐ xiàng yì tiáo yú yí yàng zài shuǐ li fān
他，他可以像一条鱼一样在水里翻

gǔn　 tā pá shān de sù dù hěn kuài　méi yǒu rén kě yǐ
滚；他爬山的速度很快，没有人可以

bǐ de shàng tā　 tā hái néng xiàng wō niú yí yàng jǐn jǐn
比得上他；他还能像蜗牛一样紧紧

de tiē zài shí bì shang　 tā de jī ròu fēi cháng jié shi
地贴在石壁上；他的肌肉非常结实。

tā fēi cháng shàn yú bèng tiào　māo hé líng yáng céng jīng xiān hòu
他非常善于蹦跳，猫和羚羊曾经先后

jiào dǎo guò tā
教导过他。

luò dí shì zuì kě kào de xiàng dǎo　tā píng jiè gěi bié ren dāng xiàng dǎo zhuàn le
洛狄是最可靠的向导,他凭借给别人当向导赚了

dà bǐ de chāo piào　shū fù hái jiāo guò tā gū tǒng　bú guò tā bù xǐ huan zuò zhè
大笔的钞票。叔父还教过他箍桶,不过他不喜欢做这

zhǒng huó　tā zhǐ xiǎng zuò yí gè líng yáng liè rén　zhè yě néng zhuàn dào qián　dà
种活。他只想做一个羚羊猎人,这也能赚到钱。大

jiā dōu shuō　luò dí shì yí gè hǎo de liàn ài duì xiàng　zhǐ shì yǎn guāng tài gāo le
家都说,洛狄是一个好的恋爱对象,只是眼光太高了。

gū niang men dōu mèng xiǎng zhe zuò tā de wǔ bàn　yǒu de jiù lián xǐng lái zhī hòu dōu zhè
姑娘们都梦想着做他的舞伴,有的就连醒来之后都这

me xiǎng
么想。

tiào wǔ de shí hou tā wěn le wǒ yí xià　xiǎo xué xiào zhǎng de nǚ ér ān
“跳舞的时候他吻了我一下!”小学校长的女儿安

nī tè gào su tā zuì hǎo de nǚ péng you　bú guò xiǎn rán　tā bù yīng gāi zhè me
妮特告诉她最好的女朋友。不过显然,她不应该这么

shuō　jí biàn duì fāng shì tā zuì hǎo de péng you　zhè zhǒng shì hěn nán bǎo shǒu mì
说,即便对方是她最好的朋友。这种事很难保守秘

mì　jiù hǎo xiàng bǎ shā zi zhuāng jìn shāi zi li　yí dìng huì lòu chū qu de　hěn
密,就好像把沙子装进筛子里,一定会漏出去的。很

kuài dà jiā jiù dōu zhī dao le　nà ge chén wěn guī ju de luò dí　jū rán zài tiào wǔ
快大家就都知道了,那个沉稳规矩的洛狄,居然在跳舞

de shí hou qīn wěn le wǔ bàn　kě shì　tā bìng méi yǒu qīn wěn dào tā zhēn zhèng xǐ
的时候亲吻了舞伴。可是,他并没有亲吻到他真正喜

huan de nà ge gū niang
欢的那个姑娘。

yào dī fang zhe tā　yí gè lǎo liè rén shuō　tā yǐ jīng qīn wěn
“要提防着他!”一个老猎人说,“他已经亲吻

了安妮特。从第一个字母a开始，他一定会亲吻遍所有的字母。"

到现在为止，那些喜欢传播小道消息的人只能宣传，洛狄在跳舞的时候，亲了他的舞伴一下。确实，他亲吻过她，然而她并不是他心里的那一朵花。

在贝克斯附近的一个山谷里，在一片胡桃林中，在奔涌的小溪旁边，住着一个富有的磨坊主。他住的房子很大，足有三层，顶上还有钟楼。屋顶上铺着木板，木板上又盖了一层铁皮，所以经常在太阳光和月光下闪闪发光。洛狄把磨坊主的女儿，美丽的巴贝德，画在了自己心里。可是巴贝德对此一无所知，因为她和洛狄说过的话，加起来也就是两个字。

磨坊主很有钱，他的财富让巴贝德显得高不可攀

(攀：抓住高处的东西向上爬。高得手也攀不到。形容

难以达到。也形容人高高在上，使人难以接近）。不过洛狄告诉自己，没有比脚更高的山，只要自己肯去爬，只要不害怕，就绝对不会掉下去。这是他小时候就学会的。

有一次，洛狄要去贝克斯办事。路程很远，因为还没有修筑铁路。宽阔的瓦利斯州山谷从伦河区的冰河开始，在左一个右一个的山峰之间，沿着罗讷河延伸到远方。罗讷河经常泛滥，冲向道路和田野，毁灭一切。

到了瓦利斯州的尽头，就是华德州的地界了，这座州的第一城市贝克斯距离这里并不远。洛狄办完事以后，就随便看了看，不过他没有看到磨坊主的孩子们，也没有看到巴贝德，这出乎他的意料。

暮色降临了，空气中弥漫着树和花的香味。所有的青山都好像被一层薄纱笼罩着，四周非常安静。

这不像是死亡的那种安静，而是整个大自然都屏住呼吸，在等着它的相貌被拍成照片。在那翠绿的田野上，竖着几根杆子，杆子上挂着电报线，一直延伸到山谷外面。在这些杆子上，有一个东西斜靠着，一动也不动，别人看见了，还以为会是一根干枯的树

干，但其实那是洛狄。他就静静地站着，就和他身边的景物一样。

他没有睡觉，更没有死掉。就像世界大事、一个人的重要遭遇经常从电报线中通过，而电报线却始终保持静默一样，现在，洛狄的心里也在想着一件大事，就是和他一生的幸福有关的事。

现在，他正目光灼灼地看着一个东西——那是从巴贝德的屋子里射出来的灯光。他静静地站在那里，一动不动，就好像在瞄准一只羚羊。不过，他现在看起来也像一只羚羊，因为有时候，羚羊也会像石雕一样静静地站着。不过，一旦有石头滚过来，它马上就会跳起来。现在，洛狄的脑海里也滚动着一个想法。

"别害怕！去磨坊拜访一下，跟磨坊主说晚安，向巴贝德问好。只要你不害怕，就永远不会掉下来。要是

wǒ xiǎng chéng wéi bā bèi dé de zhàng fu　zǒng děi ràng tā jiàn wǒ yí miàn
我想成为巴贝德的丈夫，总得让她见我一面。"

　　luò dí xiào le　gāo xìng de zǒu xiàng mò fáng　tā xīn li zhī dao zì jǐ xiǎng yào
　　洛狄笑了，高兴地走向磨坊。他心里知道自己想要

shén me　　bā bèi dé
什么——巴贝德。

　　dàn huáng sè de hé shuǐ bù tíng de fān téng　liǔ shù hé duàn shù zhī jiù chuí
　　淡黄色的河水不停地翻腾，柳树和椴树枝就垂

zài hé shuǐ shang　luò dí yán zhe xiǎo lù zǒu zhāo　jiù xiàng yì shǒu ér gē lǐ chàng
在河水上。洛狄沿着小路走着，就像一首儿歌里唱

de nà yàng
的那样：

—— 走向磨坊主的家，

家里一个人都没有，

只有一只小猫。

巴贝德家的猫蹲在台阶上，拱起背叫了一声，不过洛狄可没有心思去想它在说什么。他敲了敲门，却无人应答。"喵！"小猫又叫了，如果洛狄还是一个婴儿，他就会知道，原来小猫是在说："没有人在家。"但是现在，他准备去磨坊打听一下。从那里他得知，磨坊主去因特尔拉根城旅行了，巴贝德也去了。因为从明天早上开始，就要举行一场盛大的射击比赛。比赛持续八天，所有住在德语州的瑞士人都要参加。

可怜的洛狄，可以说，他选了这么一个倒霉的日子来贝克斯。现在，他只能回家，而且他也确实是这么做

说明洛狄的本性是乐观的。

de tā qǔ dào shèng mò lì sī hé xī wēng huí dào zì
的。他取道圣·莫利斯和西翁，回到自

jǐ de shān gǔ bú guò tā háo bù huī xīn dì èr tiān
己的山谷。不过，他毫不灰心。第二天

yì zǎo tā de xīn qíng jiù biàn hǎo le tā cóng lái méi
一早，他的心情就变好了。他从来没

yǒu qíng xù dī luò guò
有情绪低落过。

xiàn zài bā bèi dé zài yīn tè ěr lā gēn wǒ cóng zhè
"现在巴贝德在因特尔拉根，我从这

li guò qu de huà xū yào jǐ tiān shí jiān tā gào su
里过去的话，需要几天时间。"他告诉

zì jǐ rú guǒ zǒu dà lù kàn qǐ lai lù chéng hěn yuǎn
自己，"如果走大路，看起来路程很远。

kě shì rú guǒ cóng shān shang fān guò qu jiù méi yǒu nà me
可是如果从山上翻过去，就没有那么

yuǎn ér fān shān zhèng shì yí wèi líng yáng liè shǒu yào zǒu
远。而翻山正是一位羚羊猎手要走

de lù wǒ céng jīng zǒu guò zhè tiáo lù wǒ de jiā jiù
的路。我曾经走过这条路，我的家就

zài yīn tè ěr lā gēn xiǎo shí hou wǒ gēn wài zǔ fù zhù zài
在因特尔拉根，小时候我跟外祖父住在

nà li xiàn zài nà li yào jǔ bàn shè jī bǐ sài wǒ yào
那里，现在那里要举办射击比赛！我要

qù biǎo yǎn yí xià zhèng míng wǒ cái shì zuì hǎo de shè shǒu
去表演一下，证明我才是最好的射手。

děng wǒ jié shí le bā bèi dé jiù kě yǐ zài nà li péi
等我结识了巴贝德，就可以在那里陪

zhe tā le
着她了。"

洛狄整理了一个很轻的背囊，里面放上星期日要穿的好衣服，又带上枪和猎物袋，就出发了。虽然他走的是近路，但是路程也很远。不过，今天是比赛的第一天，而且还要持续一个星期。他得知，在此期间，磨坊主和巴贝德会借住在因特尔拉根的亲戚家。洛狄走

过介密山峡；他要在格林达瓦尔得下山。

他高兴地迈开大步，向前走着，呼吸着山中新鲜的空气。山谷越来越低了，他的视野也越来越开阔。这边一道雪峰，那边又一道雪峰，很快，他就看到了阿尔卑斯山脉。

洛狄对每一座山峰都了如指掌(了：明白；指掌：指着手掌。形容对情况非常清楚，像指着自己的手掌给别人看)，他径直走向了警号峰。

最后，他终于翻过了最高的山脊。那绿油油的草地往前延伸着，一直到他的老家所在的山谷。这里的空气很新鲜，他的心情也很好。山谷里盛开着各种小花，长着各种碧绿的叶子。他的心中充满了青春的思绪：他觉得他不会变老，更不会死去。生活、斗争和享受！他像鸟儿一样自由，像鸟儿一样自由！

燕子唱着他小时候经常听到的儿歌："我们和你们！你们和我们！"轻快地从他身边飞过。一切看起来都是那么快乐。

下面就是像天鹅绒一样的草地。草地上坐落着很多小木屋。路西尼河流淌着。他看到了冰河以及它那堆着脏雪的、淡蓝色的边缘。他看到了深谷里的小河的上游和下游。他的心砰砰直跳，他非常激动，巴贝德好像一下从他的心里消失了，因为他的心现在已经被回忆占据了。

他又走上了一条小路，小时候，他经常和别的孩子在这里售卖木雕小屋。在云杉的后面，外祖父的房子还稳稳地矗立着，不过现在里面住的却是陌生人。路上有很多小孩跑来跑去，兜售货物，其中一个拿着一朵石楠，洛狄觉得这是个好兆头，他想起了巴贝德。很快，他就穿过了小河，路西尼河的两条支流就在此汇

合。阔叶树越来越茂密，胡桃树洒下很多绿荫。现在，

他看到了国旗——鲜红的底上的白十字，这既是瑞士

的国旗，也是丹麦的国旗。如今，因特尔拉根就在眼前。

在洛狄眼中，没有哪座城市比它更美，它是一个

穿着节日盛装的瑞士城市。别的商业中心城市

遍布着各种粗笨的石房子，看起来冷冰冰的，它却不是这样。看起来，这里的小木屋是从山上跑下来的，跑到碧绿的山谷里，在这澄清的、像箭一样奔流着的小河边参差不齐(参差：长短、高低不齐。形容水平不一或很不整齐)地排列着，形成了街道。在所有街道中，最美丽的那条是从洛狄还住在这里的时候开始发展的，就好像用外祖父雕刻的那些漂亮的小木屋修建起来的。它们被移植到这里，就好像那些老栗树一样，长得又高又大。

每栋房子的窗户和阳台上都雕着花，屋顶是突出的，看起来十分美丽。每一栋房子前面都有一个花园，将房子和大路隔开。每栋房子前面都有一片草原，泛起点点新绿，奶牛在上面悠闲地吃着草，发出阿尔卑斯草原上独有的铃声。草原四面环绕着高山，只有一个缺口，从那里可以看到被积雪覆盖的少女峰，这是瑞

士最美丽的山峰。

这里有无数来自外国的衣着光鲜的绅士和淑女，也有无数从附近各州的乡下来的人。每个射手都戴着一顶帽子，上面的花环上插着自己的号数。这里充满着各种各样的声音：音乐声、唱歌声、管风琴声、喇叭声、喧闹声。旗帜和国旗在随风飘扬，子弹一颗接一颗地射出去。洛狄觉得，枪声是最动听的音乐。他沉浸在这个热闹的场面里，暂时把本次旅行的目的——巴贝德抛到了脑后。

现在，射手们都聚拢到靶子的位置，洛狄迅速加入到他们中。而且他的技术和运气都非常好，每次他都能射中靶子。

"那个年轻的射手是谁？看起来十分陌生。"大家你问我我问你。

"他讲着瓦利斯州人讲的法文，又能流利地说德

语。"有一些人说。

"我听说，他小时候在格林达瓦尔得附近住过一段时间。"

这个年轻人充满了生机，双目十分有神，臂膀非常强健有力，百发百中(形容射箭或打枪准确，每次

都命中目标。也比喻做事有充分把握）。幸运可以给人带来勇气，可是洛狄早就充满了勇气。于是，洛狄迅速拥有了很多朋友，他们都在祝贺他。这时候，他几乎已经忘记了巴贝德。突然，他感到有人把手放在了自己的肩膀上。同时，他耳边响起了一句法文：“你是从瓦利斯州来的吗？”

洛狄一扭头，就看到了一张泛着笑容的红色面孔。这个人的身材很魁梧，洛狄马上认出来，他就是巴贝德的父亲，贝克斯的那个富有的磨坊主。他的身躯太过庞大，把他身后那个美丽而又苗条的巴贝德挡得严严实实。不过，巴贝德正从他身后往这里看过来，她那乌黑的大眼睛是那么明亮。磨坊主非常高兴，因为他的州里居然出现了这么一个出色的射手。洛狄简直是太幸运了，他专门来这里寻找巴贝德，却把她抛到了脑后，现在她来找他了。

tā xiāng yù gù zhī　rén men hěn róng yì biàn chéng péng you　kāi shǐ jiāo tán
他乡遇故知，人们很容易变成朋友，开始交谈。

yóu yú zài shè jī zhōng de chū sè biǎo xiàn　luò dí chéng le zuì lìng rén zhǔ mù dì rén
由于在射击中的出色表现，洛狄成了最令人瞩目的人

wù　zhè gēn mò fáng zhǔ píng jiè tā de cái fù hé hǎo mò fáng zài jiā xiāng jiā yù hù
物，这跟磨坊主凭借他的财富和好磨坊在家乡家喻户

xiǎo
晓（喻：明白；晓：知道。家家户户都知道。形容人

　　　　　　　yí yàng　　xiàn zài　　　tā men zhèng zài wò shǒu　zhè kě shì tā men de dì
所共知）一样。现在，他们正在握手，这可是他们的第

一次握手。巴贝德诚恳地握着洛狄的手,洛狄也紧紧

地握着巴贝德的手,还盯着她看了一会儿,让她害羞得

满脸通红。

磨坊主谈到了他们来到这里时经过的道路,以及沿

途经过的一些城市。听起来,他们的旅程十分漫长,

因为他们乘坐了轮船、火车和马车。

洛狄说:"我选的是最近的路——我从山上翻过来

的。没有比这条路更高的路了,人们是可以试试的。"

"不如也试试跌断你的脖子。"磨坊主说,"你这个

人胆子太大了,早晚会跌断脖子。"

"只要你认为自己不会跌下来,就永远不会跌下

来。"洛狄说。

磨坊主现在借住在因特尔拉根的亲戚家里,亲戚见

洛狄跟他们是同乡,就邀请他到家里做客。对洛狄来

说,这样的邀请简直是求之不得(想找都找不到。原

指急切企求，但不能得到。后多形容迫切希望得到）。

现在，洛狄就坐在磨坊主的亲戚中间，好像是他们家的一分子。大家都在为最出色的射手干杯，巴贝德也为他干杯。洛狄一一回应他们的敬酒。

傍晚时分，大家在小木屋前面的路上散步，走过一棵棵老胡桃树。这里的人太多了，看起来有点拥挤。所以，洛狄伸出自己的手臂，让巴贝德扶着。他说，能够在这里遇到来自华德州的人，他很高兴，因为华德州和瓦利斯州不但位置相邻，而且关系不错。他看起来那么愉快，巴贝德也忍不住捏了一下他的手。他们一起散步，看起来倒是像十多年的老朋友。她虽然长得十分娇小，谈话倒很风趣。她说：从外国来的一些女客穿着可笑的衣服，举止也很荒唐。洛狄对她的话表现出了浓厚的兴趣。当然，她并非在讥笑她们，因为她们可能都出身名门。而且巴贝德知道，她那可爱的干妈就是

英国的大家闺秀。18年前，在巴贝德接受洗礼的时候，那位太太也住在贝克斯。当时，她送给了巴贝德一枚十分贵重的胸针，至今巴贝德还戴在身上。

干妈曾经写了两封信过来；今年，巴贝德还希望在因特尔拉根和她以及她的女儿会面。"她的女儿们都是老小姐，都快30岁了。"巴贝德说，要知道，她自己才18岁。

她那张甜蜜的小嘴不停地一张一合。洛狄觉得，巴贝德讲的一切都重要的。于是，他也把自己知道的事情告诉了他：他去了贝克斯很多次，对于磨坊了如指掌。他怎么经常看到巴贝德（当然，她并没有看到他），最近他怎么去了磨坊一次，当时他的心里有一种说不出的滋味，她和她的父亲都到了远离家乡的地方，可是他翻越高山就能到达她身边。

他说了这些，还说了一些别的事情。

tā shuō   tā fēi cháng xǐ huan tā   tā zhī suǒ yǐ yào dào zhè li lái   wán quán
他说，他非常喜欢她。他之所以要到这里来，完全

bú shì wèi le shè jī bǐ sài   ér shì wèi le tā
不是为了射击比赛，而是为了她。

bā bèi dé yì yán bù fā   tā sì hū bào lù le zì jǐ tài duō de mì mì
巴贝德一言不发；他似乎暴露了自己太多的秘密。

tā men jì xù wǎng qián zǒu   tài yáng bèi gāo dà de shí bì dǎng zhù le   yǒu
他们继续往前走。太阳被高大的石壁挡住了。有

hēi sēn lín de huán rào   shào nǚ fēng kàn qǐ lai gèng jiā huá lì le   xǔ duō rén dōu
黑森林的环绕，少女峰看起来更加华丽了。许多人都

zhù zú níngwàng luò dí hé bā bèi dé yě tíng xià le jiǎo bù
驻足凝望，洛狄和巴贝德也停下了脚步。

zhè shì shì jiè shang zuì měi de dì fang bā bèi dé shuō
"这是世界上最美的地方。"巴贝德说。

shì jiè shang zài yě méi yǒu xiàng zhè yàng de měi jǐng luò dí yì biān shuō
"世界上再也没有像这样的美景。"洛狄一边说，

yì biān kàn xiàng bā bèi dé
一边看向巴贝德。

wǒ míng tiān jiù yào huí jiā le tā chén mò le yí huì er zhōng yú rěn bu
"我明天就要回家了。"他沉默了一会儿，终于忍不

zhù shuō
住说。

nǐ yào lái bèi kè sī kàn wǒ men nà yàng wǒ de fù qin huì hěn gāo xìng
"你要来贝克斯看我们，那样我的父亲会很高兴

de bā bèi dé dī shēngshuō
的。"巴贝德低声说。

名师点拨

　　洛狄找到了巴贝德，并向她表明了自己的心意。其实，爱情是非常美好的，不过对于我们未成年人来说，还是要以学习为重，不可以过早涉足爱情。

回家路上

名师导读

在回家的路上，洛狄遇到了一个姑娘，她是谁呢？

第二天他往回走的时候，背着沉甸甸的东西：三个银杯，两支漂亮的猎枪，一个银制咖啡壶。等他有了自己的家，咖啡壶就派上用场了。不过，这并不是最重的东西。他还要背一件更重的东西，或者也可以说是这东西把他背回了家。

天空中飘着小雨，云块覆盖在山顶上，像一块裹布一样盖住了所有的山峰。森林里传来了斧子的伐木声，粗大的树干骨碌碌地沿着山坡往下滚。从高处往

下看，这些树干好像火柴棒，但是它们可以被做成大船的桅杆。在风的吹拂下，云块在移动。

洛狄的身边出现了一个年轻的姑娘，跟他肩并肩走着。他一开始并没有注意，直到她贴得很近的时候，他才发现。她也想翻越这座山。她的眼底有一种特殊的魔力，让人无法移开眼睛。她那黑黑的眼睛那么深邃，那么明亮，就好像没有底。

"你有爱人吗？"洛狄问，现在他的心中充满了爱。

"没有！"姑娘一边说一边大笑，可是她好像没有说实话。"我们不需要走弯路吧！"她说，"我们可以再往左边一点，还能少走一点路。"

"是的，还很容易掉进冰罅里。"洛狄说，"你并不熟悉这条路，却还想着要当向导。"

"我对这条路十分熟悉！"她说，"而且我的注意力十分集中。你总是关注下边的冰罅，但是在这里你更应

gāi liú shén bīng gū niang　　wǒ tīng shuō tā duì rén lèi kě bù
该留神冰姑娘。我听说她对人类可不

zěn me kè qi
怎么客气。"

　　　　wǒ cái bú pà tā ne　　zài wǒ hěn xiǎo de shí
"我才不怕她呢！在我很小的时

hou　　tā jiù děi fàng guò wǒ　　xiàn zài wǒ yǐ jīng zhǎng
候，她就得放过我。现在我已经长

dà le　　tā gèng bié xiǎng zhuā dào wǒ
大了，她更别想抓到我。"

tiān yòu hēi le yì xiē　　yǔ hái zài xià zhe　　xuě yě kāi
天又黑了一些，雨还在下着，雪也开

语言描写，洛狄为自己的强大而自豪。

shǐ xià le bái hū hū de yǒu diǎn huǎng yǎn
始下了，白乎乎的有点晃眼。

bǎ nǐ de shǒu shēn gěi wǒ wǒ lā zhe nǐ pá gū niang yì biān shuō yì
"把你的手伸给我，我拉着你爬。"姑娘一边说，一

biān shēn chū bīngliáng de shǒu zhǐ mō le tā yí xià
边伸出冰凉的手指摸了他一下。

nǐ lā zhe wǒ wǒ bù xū yào yí gè gū niang lái bāng wǒ pá shān luò
"你拉着我？我不需要一个姑娘来帮我爬山。"洛

dí shuō
狄说。

luò dí mài kāi dà bù cóng tā shēn biān zǒu kāi le tā de shēn shang
洛狄迈开大步，从她身边走开了。他的身上

luò le yì céng xuě jiù xiàng chuān le yí jiàn wài yī fēng hū hū de chuī zhe
落了一层雪，就像穿了一件外衣。风呼呼地吹着。

gū niang zài tā shēn hòu miàn xiào zhe chàng zhe tā de xiào shēng hé gē shēng yǐn
姑娘在他身后面，笑着唱着，她的笑声和歌声引

qǐ le yí zhèn qí guài de huí shēng tā jué de zhè ge gū niang kěn dìng shì
起了一阵奇怪的回声。他觉得，这个姑娘肯定是

wèi bīng gū niang fú wù de yāo guai xiǎo de shí hou tā zài zhè xiē shān shang
为冰姑娘服务的妖怪。小的时候，他在这些山上

lǚ xíng guò zài shān shang guò yè de shí hou tā jiù tīng shuō guò zhè yàng de
旅行过。在山上过夜的时候，他就听说过这样的

gù shi
故事。

xuě méi yǒu nà me dà le tā wǎng xià kàn zhǐ néng kàn dào yí piàn yún wù
雪没有那么大了。他往下看，只能看到一片云雾。

tā huí tóu kàn le kàn yí gè rén dōu méi yǒu bú guò tā hái shi néng tīng dào xiào shēng
他回头看了看，一个人都没有，不过他还是能听到笑声

hé gē shēng zhè kě bú xiàng shì rén fā chū de shēng yīn
和歌声，这可不像是人发出的声音。

luò dí dào dá le shān de zuì gāo chù cóng zhè li lù wǎng xià bēn téng dào lún
洛狄到达了山的最高处。从这里，路往下奔腾到伦

hé liú yù zài lán tiān shang tā kàn dào le liǎng kē liàng jīng jīng de xīng xing jiù xiǎng
河流域。在蓝天上，他看到了两颗亮晶晶的星星，就想

qǐ le bā bèi dé xiǎng qǐ le zì jǐ de hǎo yùn qi xiǎng dào zhè xiē tā xīn li
起了巴贝德，想起了自己的好运气。想到这些，他心里

jué de shí fēn wēn nuǎn
觉得十分温暖。

名师点拨

　　洛狄和巴贝德分别，踏上了回家的路。在路上，他还拒绝了一个突然出现的姑娘提供的帮助。有时候，面对陌生人的善意，我们一定要擦亮眼睛才行。

去磨坊作客

洛狄忍不住对巴贝德的思念，来到了巴贝德家。在这里，他会受到怎样的接待呢？

年老的婶婶看到洛狄，高兴地说："洛狄，你带了这么多好东西回来，你的运气真不错，我亲爱的孩子，让我亲吻你一下。"

洛狄让她亲吻了一下，不过他的表情比较冷淡，他对于这种家庭的小温情并不是能从心里接受的。

"你长得真漂亮，我的洛狄。"婶婶说。

"不要叫我胡思乱想。"洛狄一边说，一边大笑了一

声，听到这样的话让他很高兴。

"我再说一次，你的运气真不错。"她说。

"我想您是对的。"这时候，他想起了巴贝德。

有生以来，他第一次特别渴望想去那深溪里一趟。

"现在他们应该已经到家了，按我的计算，他们应该

已经到家两天了。不行，我要去贝克斯一趟。"

于是，洛狄就去了贝克斯。磨坊里的人都回来了，他们都在欢迎他。就连住在因特尔拉根的人也托人向他问好。巴贝德的话不多，似乎变得非常沉默，可是她的眼睛似乎一直在和洛狄说话，这就足够了。磨坊主一直都很健谈，不过这一次他好像只想听洛狄说打猎的故事：羚羊猎人在高山上会遇到无法预料的困难，他们翻越石崖上随时可能滑落的"雪檐"（这些雪檐是被冰雪和寒气冻在石壁上的）而且，他们还要翻越横跨深渊的雪橇。

每当洛狄谈起猎人的生活，谈起狡猾的羚羊和它们惊人的跳跃能力，谈起狂暴的"浮恩"和可怕的雪崩，他的脸上就显得特别好看，眼睛发出耀眼的光芒。他发现，自己每讲一个故事，磨坊主对自己的兴趣就多一些。磨坊主最感兴趣的，就是洛狄讲的一个关于兀鹰

和巨鹰的故事。

在瓦利斯州一个离这里不远的地方，有一个悬崖，那下面有一个鹰窠，里面有一只小鹰。要想捉到它，可是十分困难的。前几天有一个英国人许诺，如果洛狄能把那只小鹰活捉回来，就会给他一大把金币。

"不过任何事情都是有限度的。那只雏鹰是捉不到的，只有疯子才会想去尝试。"洛狄说。

他们一边喝酒一边聊天，洛狄觉得夜晚过得太快了。这是他对磨坊的第一次拜访。到了半夜的时候，他才想起要离开。

"疯子才会想去尝试"说明这件事确实非常危险，也为后文做了铺垫。

灯光还在窗子里和绿树枝间亮了一会儿。

客厅的猫爬过天窗，厨房的猫从水管爬过来，它们开始约会。

"磨坊里有什么消息吗？"厨房的猫问。

"屋子里有人订了婚，父亲对此却毫不知情。整个晚上，洛狄和巴贝德都在桌子下面踩着彼此的脚，有两次还踩到了我的脚。不过为了不让别人注意，我并没有叫出来。"

"换成是我，我肯定会叫出来的。"厨房的猫说。

"厨房里的事情怎么能和客厅里的事情相提并论(相提：相对照；并：齐。把不同的人或不同的事放在一起谈论或看待)呢？"客厅的猫说，"不过我特别好奇，如果磨坊主得知他们订了婚，会有什么样的意见呢？"

是的，洛狄也很想知道，磨坊主会有什么意见。不

过，就让他这么一直等下去，他可做不到。过了几天，

当公共马车行驶在瓦利斯州和华德州之间的伦河桥

上的时候，洛狄就在车里面坐着。和往常一样，他的

心情十分愉悦。他相信，晚上他一定会得到"同意"

的答复。

晚上，洛狄就坐着公共马车回去了。不过，客厅的猫却带着一个消息跑进了磨坊。

"你整天待在厨房里，知道今天发生什么事了吗？现在，磨坊主已经知道了一切。天黑的时候，磨坊主来到了这里。他和巴贝德站在磨坊主房间外面的走廊上，压低声音说了很多话。我就躺在他们的脚下，可是他们对我不理不睬，甚至压根就没有想起我。

"我听到洛狄说：'我要当面和你的父亲说，这是最可靠的办法。'

"'需要我跟你一起去吗？我可以给你打气。'巴贝德说。

"'我有足够的勇气。不过如果当着你的面，就算他不高兴，也会客气一点。'洛狄说。

"于是，他们进了磨坊主的房间。洛狄还踩到了我

的尾巴，可把我疼坏了！洛狄实在是太笨了，我叫了一声，可是他们俩并没有理我。

　　"他们推开门，一起走了进去，当然，我走在他们前面。为了避免洛狄踢到我，我赶紧跳到了椅背上。谁知道，这次踢人的居然是磨坊主，他踢得太凶了，一脚把他踢出门外，一直踢到山上的羚羊那里。现在，洛狄只能瞄准山羊，却无法瞄准我们可爱的巴贝德了。"

　　"可是，他们到底说了些什么？"厨房的猫着急地问。

　　"他们说的？当然就是人们在求婚时说的那番话了。比如：'我爱她，她爱我。要是桶里的奶可以让一个人吃饱，自然也可以让两个人吃饱。'

　　"'不过她的地位比你高太多了，她坐在一堆金沙上，这你是知道的，你高攀不起。'磨坊主说。"

"'一个人只要有志气，这世界上就没有他高攀不起的东西。'洛狄说，他的性格非常直爽。

"'昨天你还告诉我，你够不到那个鹰窠。你要知道，巴贝德比那个鹰窠还高。'

"'我会把这两样东西都拿下来！'洛狄说。

"'要是你能活捉那只小鹰，我就把巴贝德给你！'磨坊主一边说，一边笑得眼泪都流出来了。'洛狄，非常感谢你来看我们，你明天再来吧，再见了，洛狄！'

"巴贝德也说话了，她的样子看起来太可怜了，就好像一只失去母亲

de xiǎo māo
的小猫。

nán zǐ hàn shuō huà suàn huà luò dí shuō bā bèi dé bié kū wǒ
"'男子汉，说话算话！'洛狄说。'巴贝德，别哭，我

yí dìng huì bǎ nà zhī xiǎo yīng zhuō xià lai de
一定会把那只小鹰捉下来的！'

bú guò wǒ jué de nǐ huì xiān diē duàn bó zi mò fáng zhǔ shuō rú
"'不过，我觉得你会先跌断脖子！'磨坊主说，'如

guǒ zhēn de shì zhè yàng nà jiù jiù bú huì zài lái gěi wǒ tiān má fan le
果真的是这样，那就就不会再来给我添麻烦了。'

wǒ jué de zhè yì jiǎo tī de hěn jié shi luò dí yǐ jīng lí kāi le bā bèi
"我觉得这一脚踢得很结实。洛狄已经离开了，巴贝

dé zhèng zài nà zuò zhe mò mò liú lèi   mò fáng zhǔ xiàn zài gāo chàng zhe tā zài lǚ
德正在那坐着，默默流泪。磨坊主现在高唱着他在旅

xíng shí xué dào de nà shǒu dé wén gē   yǐ hòu wǒ kě bù xiǎng guǎn zhè yàng de shì
行时学到的那首德文歌。以后我可不想管这样的事

le   duì wǒ háo wú hǎo chù
了，对我毫无好处。"

nǐ zhǐ shì shuōshuo ér yǐ   chú fáng de māoshuō
"你只是说说而已。"厨房的猫说。

名师点拨

　　虽然磨坊主阻挠洛狄和巴贝德在一起，还说巴贝
德是洛狄高攀不起的。可是，洛狄并不灰心，他想要
努力来证明自己。做人就要像洛狄一样，充满志气。

鹰 窠

名师导读

洛狄准备去取小鹰了,并找了朋友帮忙,他们能够成功地把小鹰带回来吗?

shān shang piāo lái yí zhèn yú kuài de gē shēng tīng qǐ
山 上 飘 来 一 阵 愉 快 的 歌 声 , 听 起

lai fēi cháng yuè ěr lǐ miàn chōng mǎn le yǒng qì hé kuài
来 非 常 悦 耳 , 里 面 充 满 了 勇 气 和 快

lè chàng gē de rén jiù shì luò dí xiàn zài tā yào qù
乐 。 唱 歌 的 人 就 是 洛 狄 , 现 在 , 他 要 去

kàn wàng tā de péng you wéi xī nà dé
看 望 他 的 朋 友 维 西 纳 得 。

nǐ děi bāng wǒ wǒ men bǎ lā gé lì zhǎo
"你 得 帮 我 ! 我 们 把 拉 格 利 找

lái wǒ xiǎng bǎ xuán yá xià miàn nà ge yīng kē ná
来 , 我 想 把 悬 崖 下 面 那 个 鹰 窠 拿

xià lai
下 来 。"

zhè yàng de huà nǐ hái bù rú qù qǔ yuè liang
"这 样 的 话 , 你 还 不 如 去 取 月 亮

语言描写,说明取到小鹰的难度确实很大。

里的黑点子，这和取鹰窠的难度也差不了太多。"维西纳得说，"看起来，你的心情倒是挺快活呢！"

"是呀，我很快就要结婚了。不过，我还是得告诉你实情。"

很快，维西纳得和拉格利就知道了洛狄的目的。

"你太固执了！"他们说，"你绝对不能这样做，否则会跌断脖子。"

"只要你不害怕跌下来，就永远不会跌下来。"洛狄说。

半夜里，他们带上需要用的竿子、梯子和绳子，踏上了旅途。他们沿着灌木林里的那条路，一直往山上爬，整整爬了一夜。河水在他们下面不停地流淌，上面的水也不停地落下来。黑漆漆的云块飘浮在半空中。终于，他们到达了一个阴暗又陡峭的石壁。看起来，两边的石崖都快贴在一起了，只能从一条很

xiá zhǎi de xià féng kàn dào yī xiǎo piàn tiān kōng　 shí yá xià miàn jiù shì shēn yuān　 hé
狭窄的罅缝看到一小片天空。石崖下面就是深渊，河

shuǐ zài nà li chán chán liú dòng
水在那里潺潺流动。

　　　tā men sān gè jìng jìng de zuò zhe　 děng dài zhe lí míng　 xiǎng yào chéng gōng
　　他们三个静静地坐着，等待着黎明。想要成功

huó zhuō xiǎo yīng　 jiù yào děng dài mǔ yīng tiān liàng shí fēi chū yīng kē de shí kè
活捉小鹰，就要等待母鹰天亮时飞出鹰窠的时刻，

yì qiāng bǎ tā dǎ sǐ　 luò dí yì yán bù fā　 hǎo xiàng hé tā zuò zhe de nà
一枪把它打死。洛狄一言不发，好像和他坐着的那

kuài shí tou róng wéi le yì tǐ　 tā bǎ qiāng fàng zài miàn qián　 bān shàng qiāng jī
块石头融为了一体。他把枪放在面前，扳上枪机；

他的眼睛一眨不眨地盯着石崖顶部，那里有一块突出的石头，鹰窠就在石头下面。看起来，这三位猎人还要等待很久呢！

突然，他们头上传来了一阵嗖嗖的声音。一只庞然大物(庞然：高大的样子。指高大笨重的东西。现也用来形容表面上很强大但实际上很虚弱的事物)在飞，天空都被它遮蔽了。

这个黑影刚从鹰窠里飞出来，就被两杆猎枪瞄准了。一颗子弹飞过去，那双张着的翅膀用力拍了几下。然后，一只大鸟就慢慢地落了下来。它和它那张开的翅膀，几乎可以填满整个深渊，甚至把这几个猎人打下去。

再次说明鸟儿有多么大，突出捕获小鹰的不易。

最后，鸟儿消失在了深渊里。它降落的时候，还折断了很多树枝。

现在，几个猎人投入了紧张的工作。他们将三把最长的梯子头抵头地绑在一起，有了这把长梯，他们就可以到达很高的位置。但是就算是爬到了梯子的最高处，距离鹰窠也还有一段距离。鹰窠就藏在那块突出的石头下面，可是通往鹰窠的石壁却像镜子一样光滑。他们三个商量了一会儿，就决定再接上两把梯子，从崖顶往下放，和下面的三把梯子衔接到一起。他们找了很久，才又找来了两把梯子，头抵头地用绳子绑在一起，再沿着那块突出的石头放下来。现在，梯子悬在深渊的半空，而猎人们就在它们最低的那个横档上。这个清晨十分寒冷，黑漆漆的深渊里，有一些云雾正在往上飘散。现在的洛狄就好像是一根随风飘动的干草上的一只苍蝇，一旦这根草掉下来，苍蝇可以展开翅膀飞走，洛狄没有翅膀，只能跌断脖子。风在他耳边吹过。深渊下面，河水正从冰姑娘那融化的宫殿里不停地往外流淌着。

他把这梯子前后摇摆；蜘蛛在网住猎物的时候，也会摇摆它那细长的蛛丝。等到他第四次接触到下面的梯子的时候，他牢牢地钩住下面的梯顶，然后用灵巧的手迅速地将搭着的和悬着的梯子绑到一起。不过，梯子还是在不停地摇摆，就好像它们的铰链已经松了。

现在，五把梯子已经连到了一起，就好像一根随风飘摇的芦苇不停地撞击着垂直的石壁。接下来，他们就要完成最危险的工作：他要像猫一样爬上去。对于洛狄来说，这其实是没什么难度的，因为他早就从猫那里学会了攀爬。现在，昏迷之神就在他身后的空中飘浮着，并向他伸出像珊瑚虫一样的手，可是他对此一无所知。他爬到梯子的顶部，才发现以现在的高度根

běn jiù kàn bú dào yīng kē lǐ miàn de qíng jǐng tā zhǐ néng yòng shǒu gòu dào tā ér yǐ
本就看不到鹰窠里面的情景,他只能用手够到它而已。

tā shēn chū shǒu mō le mō yīng kē xià bù de zhī tiáo xiǎng kàn kan tā men shì bu shì
他伸出手,摸了摸鹰窠下部的枝条,想看看它们是不是

zú gòu jié shi děng tā zhuā dào yì gēn láo gù de zhī tiáo jiù shǐ jìn yí tiào lí
足够结实。等他抓到一根牢固的枝条,就使劲一跳,离

kāi le tī zi xiàn zài tā de tóu hé xiōng bù jiù dào le yīng kē de shàng miàn
开了梯子。现在,他的头和胸部就到了鹰窠的上面。

yú shì tā wén dào le yì gǔ sǐ shī de chòu wèi yīn wèi yīng kē lǐ chōng mǎn le
于是,他闻到了一股死尸的臭味:因为鹰窠里充满了

fǔ làn de líng yáng qiǎo zi hé mián yáng
腐烂的羚羊、雀子和绵羊。

昏迷之神看到控制不了他，就只好把这些有毒的臭味吹到他的脸上，好把他迷晕过去。在下面的黑色深渊里，冰姑娘在坐在翻腾的水上。她那对死冰冰的眼睛就好像枪眼一样，直勾勾地盯着洛狄。

"现在，我就要抓到你了！"

在鹰窠的一角，洛狄看到了小鹰。现在它还不会飞，但是它的体格已经非常庞大了，而且也很凶恶。洛狄全神贯注(贯注：集中。全部精神集中在一点上。形容注意力高度集中)地看着他。他用一只手来尽力稳住自己的身体，用另外一只手把绳子的活结成功地套在了小鹰身上。现在，他终于活捉了小鹰。洛狄把它的腿也牢牢地系在活结里，把它背到自己的肩上。这时候，悬崖下面放下了一根绳子。洛狄紧紧地抓住绳子，慢慢往下滑，直到他的脚尖碰到梯子最高的一根横档。

“扶稳！只要你不害怕跌下来，就永远不会跌下来！”这一点他早就认识到了，现在，他正按照这种认识来做。他坚信自己不会跌下来，所以果然没有跌下来。

这时候，猎人们发出了喝彩声。洛狄站在坚实的石地上，他顺利地捉到了小鹰。

名师点拨

　　虽然悬崖很高，可是洛狄在朋友们的帮助下，还是顺利地捉到了小鹰。人们常说，一个好汉三个帮，一个人的力量是有限的，我们要学会借助别人的力量。

客厅的猫透露出的消息

名师导读

洛狄把小鹰带回来了，他可以如愿得到巴贝德吗？

wǒ bǎ nín yào de dōng xi ná lái le　　luò dí shuō　xiàn zài　　tā ná zhe
"我把您要的东西拿来了！"洛狄说，现在，他拿着

yí gè dà lán zi zǒu jin le bèi kè sī de mò fáng zhǔ jiā　　tā bǎ lán zi fàng zài
一个大篮子走进了贝克斯的磨坊主家。他把篮子放在

dì shang xiān kāi le gài zi　　zhǐ néng kàn dào yí duì yǒu hēi quān wéi zhe de huáng yǎn
地上，掀开了盖子。只能看到一对有黑圈围着的黄眼

jing zhèng zài è hěn hěn de kàn zhe rén　　zhè duì yǎn jing míng liàng ér yòu xiōng měng　jiù
睛，正在恶狠狠地看着人。这对眼睛明亮而又凶猛，就

hǎo xiàng yào kāi shǐ rán shāo　bǎ tā kàn dào de suǒ yǒu dōng xi dōu yǎo shàng yì kǒu
好像要开始燃烧、把它看到的所有东西都咬上一口。

tā de zuǐ ba yòu dà yòu jié shi　xiàn zài zhāng de dà dà de　zhǔn bèi zhuó rén　　tā
它的嘴巴又大又结实，现在张得大大的，准备啄人。它

hóng sè de jǐng shang gài zhe yì céng róng máo
红色的颈上盖着一层绒毛。

xiǎo yīng　　mò fáng zhǔ jīng yà de shuō
"小鹰！"磨坊主惊讶地说。

巴贝德尖叫了一声，往后退了几步，不过她的目光一直在洛狄和小鹰身上。

"你竟然毫不畏惧！"磨坊主说。

"而你也不食言！"洛狄说，"每个人都有自己的特点。"

"但是，你居然毫发无损，没有把脖子跌断？"磨坊主问。

"因为我抓得很牢。现在我还是这样，会把巴贝德牢牢地抓在手里。"洛狄说。

"等等吧，看看你什么时候可以得到她！"磨坊主一边说，一边开始哈哈大笑。巴贝德知道，这可是个好兆头。

用巴贝德的惊讶，再次说明捕捉小鹰的不易。

kuài diǎn bǎ xiǎo yīng cóng lán zi li ná chū lai　tā zhè fù dīng zhe rén de mú
"快点把小鹰从篮子里拿出来。它这副盯着人的模

yàng shí zài shì tài xià rén le　gào su wǒ　nǐ shì zěn me zhuō dào tā de
样实在是太吓人了。告诉我，你是怎么捉到它的？"

yú shì　luò dí jiù bǎ zì jǐ qù zhuō xiǎo yīng de xiáng xì jīng guò gào su le
于是，洛狄就把自己去捉小鹰的详细经过告诉了

tā　mò fáng zhǔ yì biān tīng zhe　yǎn jing yuè zhēng yuè dà
他。磨坊主一边听着，眼睛越睁越大。

nǐ chōng mǎn le yǒng qì　yùn qi yě bú cuò　wán quán kě yǐ yǎng huo sān gè
"你充满了勇气，运气也不错，完全可以养活三个

太太！"磨坊主说。

"非常感谢！非常感谢！"洛狄大声说。

"不过，现在你还无法得到巴贝德。"磨坊主一边说，一边伸出手在洛狄地肩膀上拍了一下，好像是在跟他开玩笑。

"你知道磨坊里现在发生了什么吗？"客厅的猫问厨房的猫。

"洛狄给我们拿来了一只小鹰，不过他要求把巴贝德作为交换。他们已经接过吻了，那时候磨坊主就在旁边看着。这就等同于订婚了。这一次，磨坊主没有把他踢出去，他把脚收回去，开始打盹了。两个人就坐在旁边，不停地聊天，他们有说不完的话。我看，得到圣诞节的时候他们才能说完呢！"

事实上，到了圣诞节他们都没有说完。落叶在狂风里飞舞，雪花在山谷和山上飞舞。冰姑娘坐在她那

hóng dà de gōng diàn li zì cóng dōng tiān dào lái zhī hòu tā de gōng diàn yuè lái yuè
宏大的宫殿里，自从冬天到来之后，她的宫殿越来越

dà le xiàn zài xuě dì de miàn jī kuò dà dào le bèi kè sī suǒ yǐ bīng gū niang
大了。现在，雪地的面积扩大到了贝克斯，所以冰姑娘

yě kě yǐ qīn zì dào bèi kè sī lái le ér qiě tā hái néng kàn dào luò dí xiàn
也可以亲自到贝克斯来了。而且，她还能看到洛狄。现

zài luò dí zǒng shì hé bā bèi dé zuò zài yì qǐ yào zhī dao tā yǐ qián kě méi
在，洛狄总是和巴贝德坐在一起，要知道，他以前可没

yǒu zhè ge xí guàn dào le xià tiān tā men jiù yào jǔ xíng hūn lǐ le
有这个习惯。到了夏天，他们就要举行婚礼了。

yí qiè dōu xiàng yáng guāng yí yàng míng mèi zuì měi lì de shí nán yě kāi le
一切都像阳光一样明媚，最美丽的石楠也开了。

kě ài de bā bèi dé xiàn zài mǎn liǎn xiào róng jiù hǎo xiàng shì chūn tiān nà ge ràng suǒ
可爱的巴贝德现在满脸笑容，就好像是春天，那个让所

yǒu de niǎo ér gē chàng xià tiān hé hūn lǐ de měi lì de chūn tiān
有的鸟儿歌唱夏天和婚礼的美丽的春天。

　　tā men liǎng gè lǎo shì zuò zài yì qǐ nián zài yì qǐ kè tīng de māo shuō
　　"他们两个老是坐在一起，黏在一起。"客厅的猫说，

tā men zǒng shì zài bù tíng de shuō huà wǒ dōu kuài fán sǐ la
"他们总是在不停地说话，我都快烦死啦！"

名师点拨

　　虽然看起来捉到小鹰是不可能完成的，可是洛狄不畏艰险，还是把小鹰带回来了。很多事情虽然看起来很难，可是只要我们有决心有毅力，一定可以完成。

冰姑娘

名师导读

冰姑娘到底是什么样的呢？她对人类持有什么态度呢？

春姑娘来了，胡桃树和栗树上现在已经戴上了她嫩绿的花环。生长在圣·莫利斯桥、日内瓦湖和伦河沿岸的胡桃树和栗树尤为茂盛。伦河从它的发源地出来之后，就在冰河下面飞快地流淌着。这冰河就是冰姑娘住的宫殿。她飞向最高的雪地，坐在冰榻上，一边晒太阳一边休息。她看向下面的深谷，从这里看过去，谷里的人们就像一只只忙碌的蚂蚁。

"太阳的孩子们说你们是智慧的巨人！"冰姑

娘说，"不过在我看来，你们就是些蚂蚁。只要有一个雪球滚下来，你们就会伴随着你们的房子和城市，一起被埋葬！"

她把头抬得高高的，用那死气沉沉的眼睛看着自己的周围和下方。不过，山谷里突然传来一片轰轰的响声，这是人们在炸毁石头。现在人们正在铺设路基，炸掉山洞，为修筑铁路做准备。

"他们就像鼹鼠一样工作！"她说，"他们正在打地洞，才会有这像枪声一样的声音。在我迁移我的宫殿的时候，那声音可比雷声还要响亮。"

语言描写，说明冰姑娘看不起人类。

冰姑娘
BING GUNIANG

这时候，山谷里升起了一股浓厚的烟，如同一片面纱在飞舞——这就是车头上喷出的烟柱。现在车头正在一条新建的铁路上奔驰着，它的身后是一条蜿蜒的蛇——每一节都是一个车厢。它的速度非常快，犹如利剑出鞘。

zhè xiē　zhì huì de jù rén　zǒng shì bǎ zì jǐ
"这些'智慧的巨人',总是把自己

dàng chéng zhǔ ren　　bīng gū niang shuō　　bù guǎn zěn
当成主人!"冰姑娘说,"不管怎

me shuō　yí qiè dōu hái chǔ zài dà zì rán de tǒng zhì
么说,一切都还处在大自然的统治

zhī xià
之下。"

bīng gū niang hā hā dà xiào　hái chàng qǐ le gē　zhè
冰姑娘哈哈大笑,还唱起了歌,这

gē shēng zài shān gǔ li yǐn qǐ le yí piàn huí yīn
歌声在山谷里引起了一片回音。

tiān ne　yòu fā shēng xuě bēng le　　zhù zài shān
"天呢,又发生雪崩了!"住在山

gǔ li de rén shuō
谷里的人说。

dàn yǔ cǐ tóng shí　tài yáng de hái zi men zhèng
但与此同时,太阳的孩子们正

yǐ gèng gāo de shēng yīn gē chàng zhe rén lèi de zhì
以更高的声音歌唱着人类的智

huì　　yí qiè dōu chǔ yú rén lèi zhì huì de tǒng zhì zhī
慧。一切都处于人类智慧的统治之

xià　rén lèi yuē shù zhe hǎi yáng　xuě píng gāo shān　tián
下,人类约束着海洋,削平高山,填

mǎn shēn gǔ　　rén lèi píng zhe zhì huì　chéng le dà zì
满深谷。人类凭着智慧,成了大自

rán de wēi lì de zhǔ ren　　zhè shí hou　　zài dà zì
然的威力的主人。这时候,在大自

rán tǒng zhì zhe de xuě dì shang　yí duì lǚ rén zhèng huǎn
然统治着的雪地上,一队旅人正缓

缓走过。为了增加自己的力量，他们用绳子把自己串联在了一起。

"你们这些蚂蚁！还总是自诩为大自然的威力的主人。"

她把视线移到了别处，不屑地看着正在山谷中奔驰的火车。

"他们的智慧都在这里了！一切都在大自然的威力的统治之下，我把他们每个人都看得一清二楚。有一个人独自坐着，骄傲得如同一个皇帝，还有一些人坐在一起，另外一些人在睡觉。等到这条火龙一停，他们就都下去，各奔前程。于是，他们的智慧也就遍布世界的角角落落了。"她又哈哈大笑起来。

"又发生雪崩了。"山谷里的人说。

"别担心，不会崩到我们头上。"坐在火龙后面的两个人说。

现在，这两个人可谓是"心心相印"——他们就是

洛狄和巴贝德。磨坊主就坐在他们旁边。

"我就是你们的行李，对你们来说可是一个大累

赘。"他说。

"现在他们两个就坐在里面！"冰姑娘说，"我摧毁

了无数的羚羊，折断了无数棵石楠，让它们连根都不

shèng　wǒ yào huǐ diào tā men de zhì huì　huǐ diào tā men de jīng shen lì liang　tā
剩。我要毁掉他们的智慧，毁掉他们的精神力量。"她

yòu hā hā dà xiào qǐ lai
又哈哈大笑起来。

yòu fā shēng xuě bēng le　　shān gǔ li de rén shuō
"又发生雪崩了。"山谷里的人说。

名师点拨

冰姑娘非常看不起人类的智慧，她觉得大自然的威力才是最大的。其实，人类通过智慧，可以利用大自然的力量来做许多事情，比如利用风能、水能发电等。

巴贝德的干妈

名师导读

洛狄、巴贝德和磨坊主三个人一起去看望巴贝德的干妈,这位干妈是个什么样的人呢?

在日内瓦湖的东北部,有四个小镇组成了一个花环:克拉伦斯、维尔纳克斯、克林和蒙特鲁。有一位英国贵妇人,也就是巴贝德的干妈,就带着她的女儿和一个亲戚住在蒙特鲁。

她们刚到这里不久,不过磨坊主已经把巴贝德订婚的消息通知她们了。他还把洛狄、他去因特尔拉根的事情,以及那只小鹰,全都说了一遍,总之,他说了事情的前因后果。她们听说了这些,高兴不已,还对

洛狄和巴贝德，甚至是磨坊主也表示了关怀，还要请他们三个人来做客。也就是因为这个原因，磨坊主一行三人才踏上了旅途：巴贝德想看看干妈，干妈也想看看巴贝德。

在日内瓦湖的尽头，维也奴乌小镇下边正停泊着一艘汽船。汽船从这里出发后，只需要半个小时，就可以到达距离蒙特鲁很近的维尔纳克斯。很多诗人都竞相赞誉这个湖滨。拜伦就曾经在湖畔的胡桃树下坐着，还写下了叙述被监禁在黑暗的锡雍石牢里的囚徒的诗篇。克拉伦斯隐藏在垂柳之中，有时候可以在水中看到它的影子，卢梭就曾经在这里一边散步，一边构思《新哀洛绮丝》（卢梭1761年发表的小说，他于1756年在巴黎著作完成）。

在沙伏依州的雪山下面，伦河静静地流淌着。在距离它流入湖的出口处不远的地方，有一个小岛。这个小

岛很小，从岸上看起来就像一条船一样，不过它其实是一个石礁。一百年前，有一位贵妇人在它周围填上了土，又在它上面覆盖了一层土。现在，岛上长出了三棵槐树，遮住了整个小岛。巴贝德特别喜欢这个小岛，她觉得，在她旅行过的那么多地方中，这里是最可爱的。

她提议大家去岛上看看。在她看来，如果能在岛上散散步，是一件值得高兴的事儿。但是轮船并没有在它旁边停下，按照惯例，只有到达维尔纳克斯之后，轮船才会停下。

现在，这一小队旅客正走在围墙下，围墙里面是很多葡萄园。阳光洒在围墙下，看起来十分温馨。很多农家的茅舍前面，都有无花果树洒下的阴影，花园里面生长着很多月桂树和柏树。

半山腰有一个旅馆，现在巴贝德的干妈就住在那里。

主人热情地欢迎了他们。巴贝德的干妈长得十分高大，而且性格温和，她那张圆圆的脸蛋上时常挂着笑容。她小时候，应该很像拉斐尔（意大利罗马学派的伟大艺术家）所刻的安琪儿。就算是现在，她的头看起来也很像安琪儿的头，只不过老了一些，头发也变白了。她的几个女儿都非常美丽，个子很高，身量苗条。

跟她们在一起的表哥穿着一身白色的衣服。他的头发是金黄色的，长着满脸的络腮胡子，就算分给三个人也还够用。他一看到巴贝德，马上表现出极大的好感。

大桌子上放着很多书籍、乐谱和图画，装帧非常精美。阳台的门开着，透过那道门，他们可以看到外面那个美丽的湖，湖水美丽而又静谧，上面倒映着沙伏依州的山、小镇、树林和雪峰。

洛狄原本是一个直爽而又活泼的人，现在却觉得有些拘束了。他走路的时候，就好像踩在了铺在光滑的地板上的豌豆。他觉得，时间过得简直太慢了，他感觉自己在踩踏车(英国的古比特爵士发明的一种苦役劳动。踏车是一种木轮子，犯人把手支在两边的栏杆上，用手踩着轮子，让它发出动力，如同现在的发动机)。

他们还要去外面散步，这也让洛狄觉得度日如年

（一天像过一年那样长。形容日子很不好过），厌烦不已。如果洛狄往前走两步，还需要退回一步，才能和大家看齐。他们走向石岛上那个阴暗的锡雍古堡，只想看看里面的各种刑具。

在他们看来，看这一切是非常愉快的。死刑在这里执行，而拜伦的歌将它提升到了诗的世界。不过在洛狄看来，这只是一个行刑的场所而已。他把头伸到石窗外面，看着那碧波荡漾的湖水和那个长着三棵槐树的小岛。他多么希望自己现在就在那个岛上啊，那他就不用和这些喋喋不休的朋友在一起。不过，巴贝德看起来倒是兴致勃勃。后来谈起这次出游的时候，她说自己当时很愉快，还觉得那位表哥是一个完完全全的绅士。

"他只是一个完完全全的牛皮大王！"洛狄说，这还是洛狄第一次说出让她不高兴的话呢。

为了表示对这次游历锡雍的纪念，那个表哥送给她
一本小书，是拜伦的诗《锡雍的囚徒》的法译本，好让
巴贝德读起来更加方便。

"也许这本书还不错，"洛狄说，"可是我对这个油头
粉面的家伙就喜欢不起来。就算他送你一本书，我也

bú huì xǐ huan tā
不会喜欢他。"

tā kàn qǐ lai jiù xiàng yí gè méi yǒu zhuāngmiàn fěn de miàn fěn dài   mò fáng
"他看起来就像一个没有 装 面粉的面粉袋。"磨坊

zhǔ shuō tóng shí wèi zì jǐ de yōu mò gǎn ér hā hā dà xiào
主说,同时为自己的幽默感而哈哈大笑。

luò dí yě gēn zhe xiào le   tā chēng zàn zhè jù huà fēi cháng tiē qiè
洛狄也跟着笑了,他称赞这句话非常贴切。

名师点拨

    磨坊主不太喜欢这位表哥,还说他是"没有装面粉的面粉袋"。有时候,我们在生活中也会遇到我们不喜欢的人。这时候,我们可千万不能给别人起外号,这是不礼貌的。

110
PAGE

表 哥

名师导读

表哥也来到了巴贝德家，这让洛狄有点吃醋，他会怎么做呢？

guò le liǎng sān tiān luò dí yòu qù mò fáng de shí hou jīng yà de fā xiàn nà
过了两三天，洛狄又去磨坊的时候，惊讶地发现那

wèi biǎo gē yě zài bā bèi dé wèi tā duān chū le yì pán qīng zhēng de zūn yú hái
位表哥也在。巴贝德为他端出了一盘清蒸的鳟鱼，还

qīn shǒu gěi zhè tiáo yú yòng hé lán qín zuò le zhuāng shì hǎo ràng tā kàn qǐ lai gèng
亲手给这条鱼用荷兰芹做了装饰，好让它看起来更

jiā yòu rén ér shì shí shang zhè me zuò háo wú bì yào zhè ge yīng guó rén wèi shén
加诱人，而事实上这么做毫无必要。这个英国人为什

me yào lái zhè li bā bèi dé wèi shén me yào zhè yàng cì hou tā luò dí yǒu diǎn
么要来这里？巴贝德为什么要这样伺候他？洛狄有点

chī cù le bú guò bā bèi dé kàn dào zhè xiē què yǒu diǎn gāo xìng tā duì luò dí de
吃醋了，不过巴贝德看到这些却有点高兴。她对洛狄的

nèi xīn shì jiè chōngmǎn le hào qí bù guǎn shì yōu diǎn hái shi ruò diǎn
内心世界充满了好奇，不管是优点还是弱点。

duì xiàn zài de tā lái shuō ài qíng hái shi yì zhǒng xiāo qiǎn xiàn zài tā jiù
对现在的她来说，爱情还是一种消遣，现在，她就

是在戏弄洛狄的感情。但是无法否认，洛狄的一切幸福都来源于她，一切心思都围着她转。在他的心里，她是这个世界上最为珍贵的东西。虽然是这样，可是巴贝德看到洛狄难过，眼睛里就会露出笑容，他越难过，她越开心。她甚至还愿意亲吻这个满脸络腮胡子的表哥，如果这样可以把洛狄气走，因为这样可以表明他对她深沉的爱。当然，巴贝德的做法并不正确，也不够聪明。不过，她现在只是一个19岁的小姑娘啊，也不怎么动脑筋。她无法预料到，她的做法会对那位表哥引起怎样的后果。而对于她自己，一个已经订过婚的磨坊主的女儿

细腻地描写出一个初涉爱河的小女孩的心理。

lái shuō   yòu yǒu duō me bú qià dàng
来说，又有多么不恰当。

cóng bèi kè sī tōng wǎng zhè li de gōng lù yào jīng guò yí zuò jī xuě de shí
从贝克斯通往这里的公路要经过一座积雪的石

fēng   tā zài dāng dì bèi jiào zuò dí yà bǔ lè liè zī   zhè yě shì mò fáng de suǒ
峰(它在当地被叫做狄亚卜勒列兹)，这也是磨坊的所

zài dì   zhè fù jìn jiù yǒu yì tiáo jī liú de xiǎo xī   xī lǐ de shuǐ shì huī
在地。这附近就有一条激流的小溪，溪里的水是灰

bái sè de   jiù hǎo xiàng gài le yì céng féi zào pào   bú guò   mò fáng kě bù kào
白色的，就好像盖了一层肥皂泡。不过，磨坊可不靠

这溪水来推动磨坊轮子，而是靠从河的另一边的石山上流下来的小溪。在公路下面，有一个用石头拦起的蓄水池。这条小溪先冲进这个蓄水池，再注入一个木槽，在和河水汇合之后，就一起推着巨大的磨坊轮子转动。木槽里的水漫到边上，有谁想抄近路去磨坊，就可以踩着这又湿又滑的木槽边缘过去。那个英国的表哥就打算尝试一下。

有一天晚上，他像一个磨坊工人那样，穿着一身白色的衣服，在巴贝德的窗子透出的灯光的指引下，爬过了水槽的边缘。以前他并没有学过爬，所以他差点就掉进水里。好在他的运气不算太坏，但他的袖子湿了，裤子也弄脏了。所以，等到他好不容易来到巴贝德的窗下时，全身都湿透了，而且沾了一身泥。他爬到一棵菩提树上，学着猫头鹰的叫声，因为他只会模仿这一种叫声。巴贝德听到了声音，就躲在薄薄

的 窗纱后面，看看外面发生了什么。她刚看到这个

白色的人形，就猜到是谁来了。她的心吓得砰砰直跳。

她赶紧把灯灭掉，插好每一扇 窗 户的插销。既然他

想学猫头鹰叫，就让他叫个够吧！

如果这时候洛狄就在磨坊里，事情就很糟糕了，不

过洛狄并不在磨坊里，而是比这更糟糕，他就站在这

棵菩提树下。洛狄和那位表哥大声地吵闹起来，不

停地对骂着。他们很可能会打起来，再严重一点，很

可能会闹出人命。

巴贝德迅速打开窗户，一边叫喊洛狄的名字，一

边让他赶紧走，不让他留在这里。

"你不让我留在这里！"他大声说，"原来你们早就

约好了，你想要有一个比我都好的朋友。巴贝德，你太

不要脸了！"

"我恨你，我恨你！"巴贝德哭着说，"你快点滚！

bú yào liú zài zhè li
不要留在这里！”

nǐ zěn me néng zhè yàng duì wǒ ne luò dí shuō luò dí zǒu de shí
“你怎么能这样对我呢？”洛狄说。洛狄走的时

hou tā de liǎn xiàng zháo huǒ le yí yàng tā de xīn li yě rán qǐ le xióng xióng
候，他的脸像着火了一样，他的心里也燃起了熊熊

liè huǒ
烈火。

bā bèi dé dǎo zài chuáng shang tòng kū bù yǐ
巴贝德倒在床上，痛哭不已。

BING GUNIANG

"洛狄，我是那么爱你，你却以为我是坏人！"

她非常生气，特别生气，这对她倒是有好处的，

不然她就会觉得难过。现在，她终于迷迷糊糊地睡

着了。

名师点拨

　　巴贝德对表哥好，只为了让洛狄吃醋。也许她觉得这么做很好玩，但事实上这是不对的，这会伤害别人的感情，不值得提倡。

妖 魔

名师导读

　　洛狄生气地离开了巴贝思家，在回家的路上，他遇到了一个人……

　　洛狄离开贝克斯，踏上了回家的路。他爬上了被冰雪覆盖的高山，这里的空气十分清新：这里是冰姑娘的地盘。下面的树木生长得十分茂盛，看起来有点像马铃薯的叶子。从上面看下去，杉木和灌木林都显得非常细小。石楠也被雪覆盖着，这里一丛，那里一簇，倒好像晾在外面的被单。现在，有一棵龙胆挡住了洛狄前行的路，他举起枪托，瞬间把它摧毁了。

zài gāo yì diǎn de wèi zhì shàng chū xiàn le liǎng zhī líng
在高一点的位置上，出现了两只羚

yáng　　luò dí yí kàn dào tā men　　yǎn jing jiù shǎnshǎn fā
羊。洛狄一看到它们，眼睛就闪闪发

guāng　　bú guò　　xiàn zài jù lí zhè liǎng zhī líng yáng hái yǒu diǎn
光。不过，现在距离这两只羚羊还有点

yuǎn　　shè bú dào tā men　　suǒ yǐ　　luò dí yòu wǎngshàng pá
远，射不到它们。所以，洛狄又往上爬

le yí duàn jù lí　　yì zhí pá dào yí kuài zhī zhǎng zhe jǐ
了一段距离，一直爬到一块只长着几

gēn cǎo de shí duī shàng　　xiàn zài　　liǎng zhī líng yáng zhèng zài
根草的石堆上。现在，两只羚羊正在

"闪闪发光"这个词说明了洛狄的兴奋，这十分符合他作为一个猎人的天性。

119
PAGE

悠闲地在雪地上散步。他加快了前进的速度。云块把

他给盖住了。终于，他走到了一个陡峭的石崖面前，却

突然下起了瓢泼大雨。

他感觉就像着火了一样，非常口渴，他的头脑

发热，四肢却很寒冷。他把打猎用的水壶拿出来，里

面却空空如也(空空：诚恳，虚心。原形容诚恳、虚心

的样子。现形容一无所有)。因为他出门的时候太生

气了，忘记把水壶灌满了。他长到这么大还没有生

过病，现在却觉得自己好像生病了。他疲惫至极，

想躺下来好好睡上一觉，可是遍地都是雨水。他很

想打起精神，可是眼前的一切东西都在诡异地晃

动。这时候，他的眼前突然出现了一座小木屋。这座

小木屋就靠在悬崖旁边，是新搭建的，他以前从来

没有见过。屋门口有一个年轻的女子。一开始，他

以为是跳舞的时候吻过的那个安妮特，不过她并不是

120
PAGE

安妮特。他确信自己曾经见过她，也许就是在他从

因特尔拉根参加射击比赛回来的那个晚上，在格林达

瓦尔得见过的。

"你从哪里来？"他问。

"我就住在这里，在这看管我的羊群。"

"羊！羊在哪里吃草呢？这里除了雪和石头就没有

别的东西了。"

"你知道的东西很多嘛!"她一边书,一边哈哈大笑,"在我们后面低一点的地方,就有一个非常不错的牧场。我的羊可以在那里吃草。我是一个看羊的高手,我的羊一只都没有丢过。只要是我的东西,就永远属于我。"

"你的胆子真大呀!"洛狄说。

"你也不是胆小鬼啊!"女子说。

"如果你有牛奶的话,能不能给我喝一点?我现在实在是太渴了。"

"我可以给你比牛奶更好的东西!"她说,"你可以喝一点!昨天,有几个旅客和向导在这里借宿,留下了半瓶酒。我想你应该没有尝过这种酒,他们不会再回来取,我也不会喝酒,不如给你喝掉吧!"

她把酒拿出来,又拿来一个木杯,倒了满满一杯,递

给洛狄。

"这酒真不错！"洛狄说，"我还是第一次喝这样让人温暖的烈酒呢！"

他的眼睛里散发出一种神采。现在，他看起来非常快乐，就好像所有的忧愁都消失了。现在，他充满了一种新的活力。

"她一定是小学校长的女儿安妮特，请吻我一下好吗？"他说。

"那么，就把你手上这个漂亮的戒指送给我吧！"

"你是说我的订婚戒指？"

"没错，就是它。"

她又给他倒了一杯酒，把酒杯递到他的嘴边。现在，他的血管里又流进了快乐，他似乎觉得整个世界都是自己的了。为什么要苦恼呢？所有的一切都是为了让我们快乐而存在的呀！生命的河流就是

<ruby>幸<rt>xìng</rt></ruby><ruby>福<rt>fú</rt></ruby><ruby>的<rt>de</rt></ruby><ruby>河<rt>hé</rt></ruby><ruby>流<rt>liú</rt></ruby>。

　<ruby>让<rt>ràng</rt></ruby><ruby>它<rt>tā</rt></ruby><ruby>托<rt>tuō</rt></ruby><ruby>起<rt>qǐ</rt></ruby><ruby>你<rt>nǐ</rt></ruby>，<ruby>轻<rt>qīng</rt></ruby><ruby>轻<rt>qīng</rt></ruby><ruby>地<rt>dì</rt></ruby><ruby>带<rt>dài</rt></ruby><ruby>走<rt>zǒu</rt></ruby><ruby>你<rt>nǐ</rt></ruby>——<ruby>幸<rt>xìng</rt></ruby><ruby>福<rt>fú</rt></ruby><ruby>就<rt>jiù</rt></ruby><ruby>是<rt>shì</rt></ruby><ruby>这<rt>zhè</rt></ruby><ruby>样<rt>yàng</rt></ruby>。<ruby>他<rt>tā</rt></ruby>

<ruby>看<rt>kàn</rt></ruby><ruby>着<rt>zhe</rt></ruby><ruby>眼<rt>yǎn</rt></ruby><ruby>前<rt>qián</rt></ruby><ruby>这<rt>zhè</rt></ruby><ruby>个<rt>ge</rt></ruby><ruby>年<rt>nián</rt></ruby><ruby>轻<rt>qīng</rt></ruby><ruby>的<rt>de</rt></ruby><ruby>姑<rt>gū</rt></ruby><ruby>娘<rt>niang</rt></ruby>，<ruby>觉<rt>jué</rt></ruby><ruby>得<rt>de</rt></ruby><ruby>她<rt>tā</rt></ruby><ruby>是<rt>shì</rt></ruby><ruby>安<rt>ān</rt></ruby><ruby>妮<rt>nī</rt></ruby><ruby>特<rt>tè</rt></ruby>，<ruby>可<rt>kě</rt></ruby><ruby>是<rt>shì</rt></ruby><ruby>她<rt>tā</rt></ruby><ruby>又<rt>yòu</rt></ruby>

<ruby>不<rt>bú</rt></ruby><ruby>是<rt>shì</rt></ruby><ruby>安<rt>ān</rt></ruby><ruby>妮<rt>nī</rt></ruby><ruby>特<rt>tè</rt></ruby>。<ruby>不<rt>bú</rt></ruby><ruby>过<rt>guò</rt></ruby>，<ruby>她<rt>tā</rt></ruby><ruby>不<rt>bú</rt></ruby><ruby>像<rt>xiàng</rt></ruby><ruby>在<rt>zài</rt></ruby><ruby>格<rt>gé</rt></ruby><ruby>林<rt>lín</rt></ruby><ruby>达<rt>dá</rt></ruby><ruby>瓦<rt>wǎ</rt></ruby><ruby>尔<rt>ěr</rt></ruby><ruby>得<rt>de</rt></ruby><ruby>附<rt>fù</rt></ruby><ruby>近<rt>jìn</rt></ruby><ruby>见<rt>jiàn</rt></ruby><ruby>到<rt>dào</rt></ruby>

<ruby>的<rt>de</rt></ruby><ruby>那<rt>nà</rt></ruby><ruby>个<rt>ge</rt></ruby>"<ruby>鬼<rt>guǐ</rt></ruby><ruby>怪<rt>guài</rt></ruby>"。<ruby>这<rt>zhè</rt></ruby><ruby>个<rt>ge</rt></ruby><ruby>姑<rt>gū</rt></ruby><ruby>娘<rt>niang</rt></ruby><ruby>这<rt>zhè</rt></ruby><ruby>么<rt>me</rt></ruby><ruby>新<rt>xīn</rt></ruby><ruby>鲜<rt>xian</rt></ruby>，<ruby>如<rt>rú</rt></ruby><ruby>同<rt>tóng</rt></ruby><ruby>刚<rt>gāng</rt></ruby><ruby>飘<rt>piāo</rt></ruby><ruby>落<rt>luò</rt></ruby><ruby>的<rt>de</rt></ruby>

雪花，如同盛开的石楠一样娇艳，如同羔羊一样活泼。不过，她也是由亚当的肋骨造成的，和洛狄一样的活人。

他伸出双手搂住她，目不转睛地看着她那明亮的大眼睛。他只不过是看了一秒钟，可是我们该怎么形容这一秒钟呢？他的身体也许是被妖精或者死神控制了，居然被高高地托举起来了。也可以说，他跌落进了一个阴森的、深不见底的冰罅，不停地往下落。他看见了深绿色的冰墙，就像玻璃一样明亮。他被一些张着口的无底深渊环绕着。水滴滴答答的落下来，像钟声一样响亮，像珠子一样明亮，还像火焰一样闪闪发光。

用一个排比句来说明姑娘的"新鲜"。

冰姑娘亲吻了他一下，这个吻让他忍不住颤抖了一下。他痛苦地哀嚎了一声，挣开了她的手。他踉跄地走了几步，就倒在了地上。他的眼前漆黑一片，不过他很快就睁开了眼睛。妖魔不过是跟他开了个玩笑。

阿尔卑斯山的姑娘消失了，那个遮风挡雨的小茅屋也消失了。水沿着光秃秃的石头滚下来，四周全都是雪地。洛狄冻得浑身发抖。

现在，他的衣服全都湿了，巴贝德送给他的订婚戒指也不见了。在旁边的雪地上，他的枪静静地躺着。他把它捡起来，开了一枪，却毫无声响。现在，深渊里到处都是潮湿的云块，就好像一堆堆积雪。昏迷之神坐在这里，静静地等待着那些不幸的牺牲者。

从他脚下的深渊里传来了一阵响声，听起来是有很多石头落下去了，还把阻挡它们前进的东西全都摧毁了。

巴贝德坐在磨坊里哭泣着——洛狄已经有六天都没
来了。这一次的错误都在他，他应该来赔礼道歉——她
心里是多么爱他啊！

名师点拨

　　巴贝德和洛狄都认为是对方错了，所以不去向
对方道歉，就这么僵持着。对于维持人际关系来说，
这种做法并不合适。认识到了自己的错误，就应该
积极承担。

在磨坊主的家里

洛狄和巴贝德还会和好吗？会是谁先承认错误呢？

"这些人太能胡闹了！"客厅的猫对厨房的猫说，"巴贝德和洛狄分开了，现在她正在不停地哭泣，不过他一点都不想她。"

"我可不喜欢这种态度。"厨房的猫说。

"我也不喜欢。"客厅的猫说，"不过我对此并不觉得难过，巴贝德完全可以把那个络腮胡子当成她的爱人。那个人自从那次想爬上屋顶之后，就再也没有出现过了。"

luò dí zhī dao   yāo mó guǐ guài xǐ huan zài wǒ men de shēn tǐ   lǐ miàn hé wài
洛狄知道，妖魔鬼怪喜欢在我们的身体里面和外

miàn shuǎ yīn móu   tā hái sī kǎo guò zhè yì diǎn   nà me tā zài shān shang yù dào de
面耍阴谋，他还思考过这一点。那么他在山上遇到的

shì shén me ne   jīng lì de shì shén me ne   nán dào shì yāo jing   hái shi shuō fā
是什么呢？经历的是什么呢？难道是妖精？还是说发

rè shí kàn dào de huàn xiàng   zài cǐ zhī qián   tā cóng lái méi yǒu fā guò rè   yě
热时看到的幻象？在此之前，他从来没有发过热，也

méi yǒu shēng guò bìng   tā yì biān mán yuàn bā bèi dé   yì biān kòu wèn zì jǐ de liáng
没有生过病。他一边埋怨巴贝德，一边叩问自己的良

心。他想起了那次打猎的时候，想起了那次狂暴的"浮恩"。他会有勇气把自己那一受到诱惑就会变成行动的思想告诉巴贝德吗？他丢掉了她送的戒指，当然，她也正是因为他丢掉了戒指才重新得到了他。她会向他说实话吗？

洛狄觉得，一想到巴贝德，自己的心就好像要裂开。他想起了很多事情：她活泼又爱笑，她对自己说过很多甜言蜜语。现在，她的话就像阳光一样照射进他的心里，于是，因为巴贝德，他的心里充满了阳光。

她应该对他坦白，她必须这样做。

所以，他去了磨坊，她坦白了。坦白始于一个吻，以洛狄认错结束。洛狄错就错在：他居然会怀疑巴贝德的忠诚，这简直罪无可恕(罪：过失。无：无法。可：可以。恕：原谅，宽容。所犯下的罪责用任何理由都无法原谅)。他的不信任，以及他的冲动之举，

很可能会让两个人都陷入深深的痛苦之中。是的，一定是这样的。于是，巴贝德把他教训了一顿，她很乐意这样做，也只有她适合这样做。不过，洛狄有一点是对的：干妈的侄子最擅长吹牛皮。巴贝德要把他送给自己的书烧掉，她可不想保留任何一点能让自己想起他的东西。

"他们和好了。"客厅的猫说，"现在洛狄又来了。他们都了解对方，并认为这是最大的幸福。"

厨房的猫说："我昨天晚上听到耗子说，吃蜡烛油是最大的幸福，用臭腊肉把肚子填满是最大的幸福。那我到底应该相信谁呢，是耗子还是这对恋人。"

客厅的猫说："我认为最安全的办法就是，谁的话都不信。"

距离洛狄和巴贝德最幸福的日子、大家最快乐的一天，也就是他们举行婚礼的那一天，越来越近了。

不过，婚礼不会在贝克斯的教堂举行，也不在磨坊举行。巴贝德的干妈提出，希望巴贝德可以到她家里去结婚，到蒙特鲁的一个美丽的小教堂里举行婚礼。磨坊主对此非常支持，他知道，干妈一定会给这对新婚夫妇送一些贺礼。为了得到她送的结婚礼物，他们迁就一下也是应该的。现在，婚礼的日期已经定下来了。在结婚的前一天晚上，他们就要去维也奴乌，然后第二天一大早再乘船赶到蒙特鲁。这样，干妈的那些女儿就有足够的时间再把新娘打扮得美美的。

磨坊主是一个商人，非常在乎利益。而且，他们去蒙特鲁这一举动，让故事有了新的发展。

"我觉得，他们改天还会在家里补

bàn hūn lǐ　　　kè tīng de māo shuō　　　rú guǒ tā men bù bǔ bàn　　wǒ kěn dìng yào
办婚礼。"客厅的猫说,"如果他们不补办,我肯定要

duì cǐ shì fā biǎo yì xiē kàn fa
对此事发表一些看法。"

　　chú fáng de māo shuō　　huì zài zhè li jǔ bàn yàn huì de　　yā zi bèi
　　厨房的猫说:"会在这里举办宴会的。鸭子被

shā sǐ le　　gē zi yě bèi è sǐ le　　qiáng shang hái guà zhe yì zhěng tóu lù
杀死了,鸽子也被扼死了,墙上还挂着一整头鹿。

měi cì wǒ kàn dào zhè xiē　　jiù yào rěn bu zhù liú kǒu shuǐ　　míng tiān　tā men
每次我看到这些,就要忍不住流口水。明天,他们

jiù yào dòngshēn le
就要动身了。"

méi cuò   tā men míng tiān jiù yào dòngshēn le   dāng tiān wǎn shang   yǐ jīng dìng le
没错，他们明天就要动身了。当天晚上，已经订了

hūn de luò dí hé bā bèi dé   zuì hòu yí cì zuò zài mò fáng zhǔ jiā li
婚的洛狄和巴贝德，最后一次坐在磨坊主家里。

wài miàn   ā ěr bèi sī shān shang yǎn yìng zhe hóng xiá   mù zhōng qiāo xiǎng le
外面，阿尔贝斯山上掩映着红霞。暮钟敲响了，

tài yáng de nǚ ér men gāo shēng chàng zhe   xī wàng yí qiè dōu hǎo
太阳的女儿们高声唱着："希望一切都好。"

名师点拨

洛狄向巴贝德承认了错误，他们又和好如初了。两个人的关系就是这样，如果发生了不愉快，总要有一个人先承认错误，僵持下去没有任何好处。

夜里的梦幻

名师导读

夜里,巴贝德做了一个梦,她梦见了什么?

tài yáng yǐ jīng luò shān le　yún kuài cóng gāo shān shang chuí xià lai　luò zài lún

太阳已经落山了,云块从高山上垂下来,落在伦

hé de pén dì shang

河的盆地上。

cóng nán fāng chuī lái de fēng　rú tóng　fú ēn　yí yàng lüè guò ā ěr bēi sī

从南方吹来的风,如同"浮恩"一样掠过阿尔卑斯

shān　bǎ zhè xiē yún kuài sī chéng yì xiǎo kuài yì xiǎo kuài de　fēng chuī guò qu zhī hòu

山,把这些云块撕成一小块一小块的。风吹过去之后,

kōng zhōng jiù huì duǎn zàn de ān jìng yí huì　bèi sī suì de yún kuài zài zhǎng mǎn shù

空中就会短暂地安静一会。被撕碎的云块在长满树

mù de shān zhōng　zài bēn téng bù xī de lún hé shàng　biàn huà chū gè zhǒng xíng zhuàng　tā

木的山中,在奔腾不息的伦河上,变化出各种形状。它

men kàn qǐ lai xiàng lái zì yuán shǐ shì jiè de hǎi guài　yòu xiàng zài kōng zhōng áo xiáng

们看起来像来自原始世界的海怪,又像在空中翱翔

de xióng yīng　yòu xiàng zài zhǎo zé dì li bèng tiào de qīng wā　tā men luò zài bēn liú

的雄鹰,又像在沼泽地里蹦跳的青蛙。它们落在奔流

de hé shuǐ shàng jiù hǎo xiàng xíng shǐ zài hé miàn shàng què yòu tóng shí piāo fú zài kōng
的河水上，就好像行驶在河面上，却又同时飘浮在空

zhōng hé miàn shàng piāo zhe yì gēn bèi lián gēn bá qǐ de sōng shù shù de zhōu wéi shì
中。河面上漂着一根被连根拔起的松树，树的周围是

yí chuàn yí chuàn de xuán wō zhè shì hūn mí zhī shén dài lǐng tā de jiě mèi men
一串一串的漩涡——这是昏迷之神带领她的姐妹们

zài pào mò shàng wǔ dǎo zài yuè guāng de zhào shè xià shān shang de jī xuě hēi sēn
在泡沫上舞蹈。在月光的照射下，山上的积雪、黑森

lín hé qí xíng guài zhuàng de bái yún dōu bèi zhào de fēi cháng tòu míng shān li de jū
林和奇形怪状的白云都被照得非常透明。山里的居

民透过窗户，就能看到这夜间的奇景，大自然的精灵。

冰姑娘刚从冰宫里走出来的时候，这些幻象正从她的眼前飘过。现在，她正坐在那棵被连根拔起的松树上，顺着河流流向广阔的湖面。

"参加婚礼的客人都来了！"空气中和水中都发出了这样的吟唱。

巴贝德做了一个特别奇怪的梦。

在梦里，她和洛狄已经结婚好几年了。他去外面打猎，就把她留在家里。那个一脸络腮胡子的英国表哥坐在他身边，言语中充满了魔力。所以，他一伸出手，她就不由自主(由不得自己，控制不住自己)地跟着往前走。他们离开了家，一直往前走。巴贝德觉得，自己正在做一件对不起洛狄，对不起上帝的事情。突然，她发现自己身边并没有人。她的衣服被荆棘撕破了，她的头发也花白了。她抬起头，看到

洛狄就在悬崖边缘坐着。她向他伸出手，可是她并不敢求他。其实这么做也没有什么好处，因为她很快就发现那并不是洛狄，只是挂在一根爬山杖上的衣服和帽子，是猎人用来欺骗羚羊的伪装。巴贝德非常痛苦地叫喊着：

"上帝啊，我多希望在我最幸福的那一天，我结婚的那天，我就死去啊，这才是幸福。我和洛狄最美的希望也就是这样了吧，谁会知道以后会怎么样呢？"

于是，她心怀着对上帝的怀疑，跳到了深渊里。

巴贝德醒了，她的梦做完了。但是她知道，自己做了一个可怕的梦：她梦见了自己好几个月都没有见面的那个英国年轻人。她想：他还住在蒙特鲁吗？他会来参加我婚礼吗？她撅起了嘴，皱起了眉头，不过很快她就笑了，因为她明天就要和洛狄举行婚礼了。

她走下楼的时候，洛狄已经在客厅等着了。他们马

shàng chū fā qián wǎng wéi yě nú wū　　tā men liǎng gè dōu hěn gāo xìng　mò fáng zhǔ
上 出 发，前 往 维 也 奴 乌。他 们 两 个 都 很 高 兴，磨 坊 主

yě hěn gāo xìng
也 很 高 兴。

　　xiàn zài 　wǒ men jiù shì zhè ge jiā de zhǔ ren 　kè tīng de māo shuō
"现 在，我 们 就 是 这 个 家 的 主 人。"客 厅 的 猫 说。

名师点拨

　　巴贝德做了一个梦，她觉得非常害怕。其实，
做梦是人的一种正常的生理反应，我们每个人几乎
每天都要做梦，不必对此表示害怕。

结 尾

名师导读

洛狄最后会被冰姑娘捉走吗？

天还没有完全黑下来的时候，这三个快乐的人就已经抵达了维也奴乌。他们坐下了，一起吃了晚饭。饭后，磨坊主叼着烟斗，打了一个盹。

洛狄和巴贝德手牵着手出了城，他们一路走到了有着绿色灌木林的石崖下。从湖边，他们可以看到那个长着三棵槐树的小岛，它看起来就像一捆漂在湖面上的花。

"那上面一定很美丽。"巴贝德说。

她非常想去岛上看看，并很快得偿所愿——岸边就停着一条小船。洛狄很轻松地解开了系着它的绳子，也不需要征得任何人的同意，因为他们身边根本就没有人。他们很快就跳到了船上，开始划船，因为洛狄是一个划船高手。

船桨就像鱼鳍一样，打破了湖面的平静，划出了很多波纹。这水不但能够承担起重担，还可以吞噬一切。它的嘴看起来非常温柔，却又非常凶残。船划过去之后，只在身后留下了布满泡沫的水痕。很快，他们就来到了小岛旁边，并登上了小岛。岛上的空间不大，只够让他们

其实我们身边有很多东西都是这样，看起来非常温柔，本质很凶残。

liǎ tiào wǔ
俩跳舞。

　　luò dí hé bā bèi dé tiào le yí huì wǔ jiù zài huái shù xia miàn de yí gè dèng
　　洛狄和巴贝德跳了一会舞，就在槐树下面的一个凳

zi shang zuò xià le tā men qiān zhuó shǒu hán qíng mò mò
子上坐下了。他们牵着手，含情脉脉(饱含温情，默

默地用眼神表达自己的感情。常用以形容少女面对

意中人稍带娇羞但又无限关切的表情)地看着对方。
de kàn zhe duì fāng

落日的余晖洒在他们身上，也把山上的松林映成了紫丁香的颜色。

"这里的景致这么美，我们这么幸福。"他们两个异口同声地说。

"这已经是世界贡献给我们最好的东西了。"洛狄说。

"我觉得非常幸福。"巴贝德说。

他们正在诉说爱意的时候，巴贝德突然说："船！"

他们划来的那条船松开了，漂离了小岛。

"我去把它弄回来。"洛狄说。

他脱下上衣和靴子，跳进湖中，准备去把船弄回来。

湖水又深又冷。洛狄往下看了一眼，似乎看到了一个闪闪发光的金戒指。于是，他马上想起了自己弄丢的那个订婚戒指。现在，这个戒指变得越来越大，

yǐ jīng chéng le yí gè shǎn shǎn fā guāng de yuán quān   yuán quān lǐ yǒu yì tiáo bīng
已经成了一个闪闪发光的圆圈。圆圈里有一条冰

hé   hé de liǎng biān shì hěn duō shēn yuān   shuǐ yì dī jìn qu   jiù huì fā chū zhōng
河，河的两边是很多深渊。水一滴进去，就会发出钟

shēng yí yàng de shēng yīn   hái huì shè chū dàn lán sè de huǒ yàn   tā zài zhè yí
声一样的声音，还会射出淡蓝色的火焰。他在这一

shùn jiān kàn dào de jǐng xiàng   wǒ men yòng hěn duō yǔ yán dōu miáo shù bù wán
瞬间看到的景象，我们用很多语言都描述不完。

shēn yuān lǐ yǒu hěn duō sǐ rén   liè rén   nián qīng de nán rén hé nǚ rén   tā
深渊里有很多死人：猎人、年轻的男人和女人。他

们都站立着，好像还活着。他们都睁着眼睛，嘴角带笑。在这一切的下面，有一片清亮透明的地面，冰姑娘就坐在这里。她伸出手，拉住了洛狄的脚，轻轻地吻了一下。于是，洛狄好像是被电流电了一下，他分不清楚这到底是冰还是火。

"你是我的！我的！"洛狄的身体内外响起同一个声音。"你还在襁褓中的时候，我就吻过你的嘴唇。现在，我又亲吻了你的脚趾和脚跟。你是属于我的！"

于是，洛狄就消失在了这水面之下。

"你是属于我的！"水面下，高处，太空中，就只有这一个声音在回荡。

就这样，死神用一个吻夺去了凡人的生命。

你觉得这是一个可悲的故事吗？

对于可怜的巴贝德来说，这简直是一个悲伤的时刻。那条船在湖面上越漂越远。他们来到这个小

dǎo de shì qing　méi yǒu rèn hé rén zhī dao
岛的事情，没有任何人知道。

　　yè mù jiàng lín　　yì chǎng bào fēng yǔ yě　jí jiāng lái lín　　tā gū dān wú zhù
　　夜幕降临，一场暴风雨也即将来临。她孤单无助，

zài shī wàng zhōng fàng shēng dà kū　　shǎn diàn yě lái le　　yǒu shí hou jiù xiàng tài yáng
在失望中放声大哭。闪电也来了，有时候就像太阳

guāng yí yàng míng liàng　zhào liàng le měi yì gēn pú tao gěng　dàn shì hěn kuài yí qiè jiù
光一样明亮，照亮了每一根葡萄梗，但是很快一切就

yòu xiàn rù le hēi àn
又陷入了黑暗。

岸上的人发现了船，把它拖到岸边停靠。所有的活物都忙着寻找栖身之所。

大雨落下来了。

"这样大的风雨，洛狄和巴贝德去哪了？"磨坊主问。

这时候，巴贝德正在风雨中坐着，把头放在膝盖上，她现在已经没有力气了。

"现在，他就躺在这水里，就好像躺在了冰河下面。"

她想起了洛狄曾经和自己说的：他的母亲怎么失去了生命，他自己如何被救活，他就像一具尸体一样被人从冰河的深渊里抱起来。

"他被冰姑娘捉走了！"

又是一道闪电，把白雪照得非常明亮。巴贝德从地上跳起来，现在，这个湖看起来就像一条冰河。

冰姑娘就在上面站着，表情十分严肃，她身上发出一种淡蓝色的光。现在，洛狄就躺在她的脚下。

"他是我的！"冰姑娘说，紧接着又是倾盆大雨。

"太残酷了！"巴贝德说。"眼看着我们就要得到幸福了，他为什么死了呢？上帝，您能给我解释一下吗？我不知道您为什么要这样做！"

于是，上帝指点了他。她想起了一些事情，想起了前一天晚上做的梦。她想起了自己的话，她和洛狄希望得到的最好的东西。

"我太可怜了？难道这一切都是因为我心里有罪恶的种子吗？

她蜷缩在这黑夜里，不停地呜咽。在这一片寂静中，她好像听到了洛狄在说话，他留在这个世界上的最后一句话："这已经是世界贡献给我们最好的东西了。"

148
PAGE

说这句话的时候，他是快乐的，现在这句话在悲哀的心里发出了回音。

一转眼，几年过去了。湖水和河岸都在微笑。葡萄树上结出了累累硕果。在这平静的湖面上，挂着双帆的游艇行驶着，如同一只翩然的蝴蝶。锡雍石牢开出了一条铁路，伸进伦河的两岸。火车每停一次，就会下来很多游客，他们随身携带着一本红色的《游览指南》，想要知道哪些地方值得游览。他们参观锡雍监狱，也看到了那个只有三棵槐树的小岛。

据《游览指南》记载，在1856年的一个夜晚，有一对新婚夫妇划着船到了那个小岛上。新郎失踪了，而新娘就滞留在小岛上，直到第二天一早，人们才听到了她绝望的呼喊声。

不过，《游览指南》中并没有写，巴贝德在父亲家里过着怎样平静的生活。当然，这个家并不是磨坊，

149
PAGE

因为那里早就归别人所有了。在车站附近有一座美
丽的房子,她就住在那里。很多个夜晚,她都会在窗
前伫立,看着栗树后边的雪山。以前,洛狄就喜欢在
这些山上东奔西走。黄昏来临的时候,她可以看到
阿尔卑斯山的晚霞,那是太阳的女儿们住的地方。她
们经常会唱起有关旅人的歌:风只能吹走人的东

西，却吹不走人的身体。你可以抓到他，却无法留下

他。人比你强大，比我们神圣。他能爬到比太阳更

高的位置，他会一种可以征服风和水的魔法，让它

们为他服务。你只会让他失去拖累他的压力，让他飞

到更高的地方。

山中的雪地上闪着一丝淡红的光。每一颗充满

思想的心也闪着一丝丹红的光："上帝总是给我们最

好的安排。"

不过，上帝从来不会像在梦中告诉巴贝德那样告

诉我们理由。

名师点拨

故事结束了，洛狄最后还是被冰姑娘抓走了。就像故事里说的，"它的嘴看起来非常温柔，却又非常凶残。"有很多看起来非常温柔的东西，背后都可能隐藏危险。